Evando Nascimento

Cantos do Mundo
(Contos)

EDITORA RECORD
RIO DE JANEIRO • SÃO PAULO
2011

CIP-BRASIL. CATALOGAÇÃO-NA-FONTE
SINDICATO NACIONAL DOS EDITORES DE LIVROS, RJ

N194c
Nascimento, Evando
Cantos do mundo / Evando Nacimento. – Rio de Janeiro:
Record, 2011.

ISBN 978-85-01-09202-1

1. Conto brasileiro. I. Título.

11-0107
CDD: 869.93
CDU: 821.134.3(81)-3

Copyright © Evando Nascimento, 2011

Capa: Carolina Vaz

Texto revisado segundo o novo Acordo Ortográfico da Língua Portuguesa.

Todos os direitos reservados. Proibida a reprodução, no todo ou em parte, através de quaisquer meios.

Direitos exclusivos desta edição reservados pela
EDITORA RECORD LTDA.
Rua Argentina, 171 – Rio de Janeiro, RJ – 20921-380 - Tel.: 2585-2000

Impresso no Brasil

ISBN 978-85-01-09202-1

Seja um leitor preferencial Record.
Cadastre-se e receba informações sobre nossos
lançamentos e nossas promoções.

Atendimento e venda direta ao leitor:
mdireto@record.com.br ou (21) 2585-2002.

*Aos leitores, verdadeiros proprietários de
qualquer coisa publicada, pertence
naturalmente este livro.*

*Tudo gira em torno de rostos,
coisas, animais e nomes
— reais ou imaginários.*

SUMÁRIO

I. CLIMAS, PAISAGENS — 7

Para Elisa — 9
Vida de aquário — 19
Leilão — 25
Tigres tigres — 37
Mata — 43
Arte nova — 59

II. BESTIÁRIO — 65

Sopro — 67
O último show (Um testemunho) — 77
Edens — 93
O oco — 101
Na sepultura (Pós-escrito) — 107
Políptico animal — 119
Arquipélagos (Através) — 139

III. CANTOS DO MUNDO — 143

Candomblé Lisboa — 145
O dia em que Walter Benjamin daria aulas na USP — 153
Grua — 165
Obsessão — 173
À espera (Warum? Warum?) — 183
"E se comêssemos o piloto?" — 193

I. CLIMAS, PAISAGENS

I. CLIMAS, PAISAGENS

PARA ELISA

Para Francisco Bosco

Todos já tinham recolhido suas pranchas, os últimos veículos zarparam firme em direção à terra, algumas luzes acendiam nas casas do Recreio. Não era a primeira vez que ficava sozinha, apreciava aquele recolhimento, agora que maio tramava suas luzes e os ares daquelas paragens estavam cada vez mais distantes do calor de janeiro, fevereiro. O outono tropical era sua estação preferida, quando as tardes e manhãs raiavam azuis, mas nada lembrava os eflúvios do estio. Aí se sentia mais peixe do que nunca — há quanto tempo, desconhecia.

Entre as primeiras recordações de infância, estava a miniprancha que o pai lhe dera para brincar de bodyboard no Leblon, ele, o campeão de natação, carregado de medalhas e orgulho, mas que se fora cedo, quando ela ainda despontava aos onze anos. Conviveram tempo suficiente para ela conhecer a masculinidade em sua plenitude, eram companheiros de grandes aventuras, tal pai, qual filha. Aonde quer que fosse, o pai a levava, como bichinho de estimação, mesmo por vezes ela se via no vestiário masculino, como em casa. Era o filho que ele não conseguira ter, sua infiel cria. Os amigos do pai se acostumaram, nem mais a tinham como menina, porém como um dos seus em miniatura. E ela aceitava o dúbio papel, inclinada que era ao imaginário hermafroditismo.

Até que o acaso, servo cruel do destino, partiu o fio de sua existência, ou antes, da do pai. Rodavam de moto a toda velocidade, quando numa curva, do nada, um veículo desproporcional os atingiu em cheio, lançando-os metros para trás. O motorista fugiu, o corpo do pai protegeu o seu, que nada sofreu, somente leves ferimentos. Não teve tempo de ver qualquer outra coisa, desmaiou quem sabe de susto, e já era a sirene da ambulância tocando, a polícia anotando o sinistro, os moradores do local comentando a morte de alguém. Nem bem veio à consciência e a notícia da perda a invadiu por inteiro, geleira em areia quente; não havia dúvida, o pai partira, a vida partira, ela já se despedia da infância bem antes da hora, sem volta possível. Era o início do infindo adeus. Daddy is dead, para sempre. Fim de partida.

Nos anos seguintes, aqueles minutos desfilariam em sua mente, filme incontrolável, em duas sequências: numa primeira o pai sorria e a acariciava com a viril doçura habitual; na segunda, após breve interrupção, a sala às escuras, já eram dois corpos rolando no acostamento, entre pedras e mato, mato e mato, próximo à ribanceira, bem à beira. Chorava. A mãe se casou novamente, um ano depois, com homem mais jovem, que queria muito bem a ambas. Mas ela, a linda Elisa, é que tinha dificuldade de substituir o retrato do pai por outro, permanecia como esposa fiel, cujo marido todavia.

Cresceu para as ondas, integrou-se a um grupo frequentador da Prainha, em que era a única garota. Gostava daquilo, sentia-se muito à vontade entre rapazes, e estes a respeitavam como um dos seus, quase não a viam mais como mulher. Só teve um breve namoro com um deles, quando acabou ficaram amigos, e ninguém mais ousou se aproximar daquele ser selvagem, que a cada dia se esculpia entre concha e anêmona, cavalo-marinho e água-viva. A certa luz reflexa era dotada de incrível feminilidade, belíssima com seus contornos delicados, os pelos dourados ao sol, o castanho esbranquiçado dos cabelos maltratados. Contudo, o mau-trato combinava com ela, dando-lhe toda a singularidade que faltava decerto a outras meninas de sua idade, frequentadoras de shoppings.

Era por não usar cremes, nem vestir as roupas da moda, que sua esbeltez realçava acima da comunidade insípida das outras adolescentes. Digamos que ela fazia tudo para destratar sua beleza, a qual por isso mesmo retornava mais exuberante, como uma vaga que os rochedos tentam reter e que rebenta mais acima das pedras, inundando as escarpas e amolecendo o mundo lítico. Essa era ela, a formosura incontrolável que poderia se perder por entre areia, pedra e sal, mas que se mantinha viva, à flor d'água, somente para nossos deslumbrados olhos. E seus próprios olhos cambiavam com a cor inconstante do mar, pois quando a manhã reluzia esverdeada numa praia desconhecida, lá se viam dois pares de esmeraldas no fundo de pequenas grutas; porém, se o dia e as águas pendiam para azul, lilás ou cinza, o colorido da íris se fundia com o da massa aquosa, onde ela submergia e depois voltava, galopando ondas e espumas. A líquida amazona.

Ela era o mar, o mar era ela. Ela e o mar, como filha e pai, ela, a deserdada de afeto, já que a mãe biológica nunca a amara de fato, pois também aguardara um menino. Há sempre esses delírios familiares, pais que esperam filhos ou filhas, e filhas ou filhos que hipoteticamente nascem em lugar de outro ou de outra. Ou ainda, filhos e filhas que sonham ter outros pais. Ela só sonhava, quase toda noite, com o pai que partira, o nadador ímpar, atleta de uma técnica tão refinada que em breve se difundiria pelo continente e ganharia o mundo. Mas a brevidade da vida encurtou a grandiosidade da arte, naquele dia partido. No máximo, conseguira deixar uma pequena e heroica placa no clube a que pertencia.

Talvez estivesse esperando alguém como ele, e ninguém resumia os dotes paternos, de alegria, disciplina, tenacidade, além de supertalento para a água e para a sofreguidão da vida. Como não podia tê-lo, nem reencontrá-lo, em costa alguma, nunca mais, passou aos poucos a imitá-lo. Cortava os cabelos bem curtos, vestia apenas calças, até a andadura tinha algo de másculo, o que combinava perfeitamente com sua dourada juventude. Os rapazes falavam as coisas mais terríveis em sua frente, típicas da espécie e da idade, e ela ouvia serena, como se nada lhe tocasse, nenhuma grosseria a estremecia. Aquele era seu mundo, o universo dos homens, o único que lhe lembrava todo o tempo o pai, apagando a face indiferente da mãe.

Sua técnica de surfar era reverenciada pelos colegas, por pouco não competia com eles nos torneios, mas finalmente ainda se rendia à "condição feminina", antiga expressão que ainda ecoava naquele final dos anos 1980 — pouco depois, o mundo viria abaixo, e uma nova página da história principiaria. Era a garota que todos viam como menino do Rio, muito séria e arredia, mas também capaz das maiores gentilezas, quando a ocasião comparecia. Todos a tinham como gente boa, coração dissoluto, libérrimo, apesar da dor, que só ela sabia.

Assim, a tarde se convertia em noite ali na Prainha. Todos tinham ido embora, mas ela preferira ficar, como de hábito, amava perceber o escurecimento da água como substância indefinida que lhe penetrava a pele, feição de antimatéria. Ela era o mar, mais uma vez, era ela, apenas ela, Elisa, deslizando na superfície lisa, lisa, lisa, até montar no crespo das ondas e perfurar. O mar cobria imensidão, ela, minúsculo fragmento. O crepúsculo era agora só uma cinta vermelha no horizonte, cindindo seus olhos em duas metades, inferior e superior, sobre negro azul. A lua emergia gigante no outro extremo, a temperatura estava perfeita, o mundo sem conflitos, os peixes seus irmãos, as últimas aves, as estrelas, nada destoava do que ela, absoluta sereia, sentia.

Eis senão quando, viu as duas cabeças que apontavam na extremidade sul do litoral, por entre as pedras, vindas do Abricó. Respirou fundo, inalando a intensa maresia; não era a primeira vez que acontecia, passariam e depois ela pegaria suas coisas, para ir embora. Os pequenos pontos ganharam corpo e se aproximaram da mochila que deixara na areia, o carro escondido entre arbustos. Esses tais não fizeram como tantos outros, noutros dias. Pararam e esperaram, sem pressa alguma. A noite afinal caiu inteira e nem a lua conseguia negar que era no semibreu que as coisas se mexiam. Lá estava ela em sua prancha, aguardando que fossem embora os invasores da hora que era somente sua, no fim do dia. O mundo lhe pertencia, como ignoravam?

Poderia nadar até um ponto mais acima, em rota de escape, mas sabia que eles a seguiriam. Até que não aguentou mais, a resistência chegara ao limite, foi se aproximando da areia, arrastando a cauda e agitando levemente os braços, como quem indaga. Não tinha como voltar, o mar se fechara a suas costas, seguia o destino como quem vai ao cadafalso. Não gritou, nada implorou, nem contestou. Não. Fechou os olhos, fingindo dormir eras, deixou os astros girarem, ouviu cada onda rebentar, e era no peito que a coisa remoía, resfolegante; eram jovens igual a ela, mas pouco gentis, nenhuma galanteria. Quando tudo acabou, não quis correr para o carro, pedir ajuda, caçar os agressores. Foi caminhando lentamente, sentou-se no banco, ligou o rádio, ouviu a música e se afogou acima das estrelas. Por que eu? Repetia, repetia, repetia. A brisa levava as palavras vazias.

No dia seguinte, narrou aos amigos o ocorrido, ficaram todos enfurecidos, prometeram vingança. Inquiriram sobre os malfeitores; apesar do semidesmaio, ela recordava cada detalhe, até mesmo o odor dos corpos, de que não se livrava. Foram juntando as peças, sabiam quem tinha o costume de andar por ali, acabaram por descobrir onde residiam os comparsas. Eram primos, vindos de mais abaixo, provavelmente de Angra dos Reis, fazia pouco tempo. Levaram os dois à pequena assembleia, na areia quase deserta, onde compuseram roda, queriam saber o que podiam ou não contra os tais. A ela cabia a inútil decisão, o mal fora feito, o corpo inteiro contrafeito. Ela somente sofria, a concha partira, a prancha rachara em duas.

Sevícia, espancamento, degola? Elisa decidiu pelo perdão, talvez uns bons socos e a exigência de que fossem embora, para outro local da costa. Nunca mais foram vistos, os supervivos, agradecidos. Ela sobreviveu a si mesma, aquilo marcou em definitivo a perda do pai, que dessa vez não a protegera. Continuou surfando vida afora, ganhou medalhas, foi a seu modo famosa — mas desprendeu-se da moldura, livre para navegar novos mares. Namorou bastante, rapazes e moças, gostava de tudo um pouco, se comprazia no imenso gozo, suas malhas, suas águas, rede e moinho, galopava.

A ondina explorou camadas ignotas de feminilidade, que tão bem contrastavam com seu enérgico porte. Desenvolveu a delicada ciência da mais franca virilidade num corpo de mulher, os supostos extremos mutuamente se engendrando em múltiplos matizes. Para ela, o espaço se tornou elástico como as marés e como o próprio tempo; passou a tirar vantagem disso, ganhando em flexibilidade o que perdera de rigidez. Chegara o tempo de nova plasticidade. Então teve um filho, a quem deu o nome de seu pai, Felipe, refundando a dinastia dos nobres nadadores. Podemos chamá-los de grande família náutica, cuja insígnia, cuja euforia. Dizem que foi finalmente feliz.

(12.III.08)

VIDA DE AQUÁRIO

*Livremente inspirado
em Henri Matisse.*

Não tenho braços nem pernas, somente corpo bojudo e grande boca, com a qual todos aqui de certo modo também respiram. A pele é de cristal levemente azulado, por vezes cinza, a depender da luz incidente. Em dias de muita claridade, quase me confundo com a brancura das cortinas ou o verde do jardim, vidraça sobre vidraça. Posso ser visto como olho reversivo, permitindo contemplar o conteúdo e igualmente mirar o entorno. Em algum momento da jornada, um residente da casa sempre perscruta. São muito curiosos, os homens (estranhos esses meus familiares, vivem da mesma forma encerrados, porém em microespaços cúbicos).

O mais velho pode ficar horas no sofá, admirando o que se passa cá dentro, absorto. Tenho alergia à areia de fundo e a algumas plantas, mas não posso reclamar, ninguém entenderia. Amo a renovação das águas, quando a antiga começa a turvar, pela movimentação dos habitantes e pelo detrito. Durante muito tempo, foram quatro casais com filhotes, de espécies e tamanhos diferentes, dando colorido particular a minha íntima vida, devassada pelo olhar alheio.

Certo dia, colocaram sem querer um que era de briga, foi longa a rinha, não sobrou nenhum dos outros. As crianças choraram demais, os adultos tiveram que me esvaziar por inteiro. Fiquei sem utilidade durante meses, esquecido em armário empoeirado. Até que um dos meninos fez aniversário, deram-lhe um casal dourado e outro vermelho — ganhei segunda existência.

Tenho pavor de gatos, querem sempre me derrubar para devorar as entranhas, embriões vagando no útero. Felizmente o último que havia morreu faz tempos, de desconhecida enfermidade; antes disso, tentou de todas as maneiras pilhar. Me vinguei com seu fim, agora descanso da vida imóvel que levo, em sono desperto, estado de vivo-morto. O grande temor do cristal é um dia partir de vez, não bastassem os sulcos, veios e rachaduras que congenitamente traz. Sua maior qualidade é também seu mais frágil pendor, qual seja, a delicadeza, sempre a ponto de, eterna iminência. Ninguém nos compreende adequadamente, o que redobra a suscetibilidade.

Outro dia, retiraram todos e colocaram um noviço, invenção translúcida de gênio louco: pode-se ver todos os órgãos e suas pulsações, através das invisíveis escamas, quase um irmão. Dizem que é experimento do tio cientista, servirá para pesquisas com moléstias graves. Espero que não transmita nenhuma, careço de águas saudáveis.

Nunca me deram nome, desconfio por quê. Observo tudo em volta, trago comigo a memória do lar, as disputas e as reconciliações, as incertezas e os êxitos, as frustrações, os desejos, a normalidade, em suma (aprendo muito com esses dessemelhantes, entre paredes). O reduzido cômodo fornece os limites do universo, fina casca de noz, aprisionado que estou na vítrea condição. Se tivesse um nome, poderia adquirir linguagem e quem sabe vir a falar, como nas fábulas que tantas vezes ouvi. Seria o começo da liberdade, mas para eles o risco é alto, sou transparente arquivo.

Sonho com grandes viagens evasões sem companhia de família num percurso todo meu pelas vias aquosas da terra... estudei catálogos marítimos úmidos roteiros mapas balneários oceanos deltas bacias enseadas baías cascatas uades veredas doces e salgadas para beber de muitas águas... (Sou, ao mesmo tempo, o carcereiro e o prisioneiro infelizmente.) Escapar quase uma arte do outro lado da líquida tela sei exatamente o que quero — o ímpeto vão o mundo largo:

Onde esconderam a chave dos mares?

(19.IV.09)

LEILÃO

Olá, meu nome é Júlio Simeão, e cansei de minha vida! Não a quero mais! Pode ficar com ela, se quiser! Estou leiloando uma cobertura com tudo dentro, mais um carro do ano, um sítio em Itaipava, de porteiras fechadas, junto com dois cavalos e uma vaca leiteira, um escritório de advocacia altamente lucrativo, com todos os funcionários, alguns dólares, ações, ouro, e, por fim, meus grandes amigos. É queima total, a preço extremamente vantajoso — prefiro vender o lote completo. O lance mínimo é de apenas US$ 10.000.000,00 (dez milhões de dólares), embora o valor efetivo seja de muitos outros milhões. Eventuais propostas poderão ser analisadas. Tudo será feito para que você, homem ou mulher de sucesso, seja o feliz proprietário de minha vida. Vale o quanto me pesa, mas você não sentirá nada, a não ser uma lucrativa leveza.

Não irá se arrepender, satisfação garantida. Porém, uma vez efetuado o negócio, não se aceitam devoluções de qualquer natureza. Pode-se fazer um período de experiência de um mês, em caso de desistência será cobrado o valor simbólico de US$ 10.000,00 (dez mil dólares), apenas para financiar os custos da operação. Isso representa também um arrendamento provisório do conjunto, a preços sem concorrência. É imperdível, questão de pegar ou largar, com o risco de arrependimento absoluto se o acordo não chegar a bom termo. Para maiores informações, acesse o endereço abaixo. (Último registro de visitas: mil consultas por dia! Muita gente interessada numa vida nada ordinária — seja o primeiro a realizar um test drive!)

http://www.vidaavenda.com.br

Bem, agora que você entrou em meu sítio particular, vou explicar os motivos da venda. Era um sujeito feliz, sem nenhuma queixa. Sempre muito aplicado, estudei num dos melhores colégios do Rio de Janeiro, filho de alta classe média. Meu pai foi promotor público, de família abastada, mas morreu relativamente jovem, aos 56 anos, com grande reputação profissional, vítima de acidente até hoje não muito bem explicado no ano de 1979, em plena ditadura, e minha mãe passou a receber pensão vitalícia, além de herdar grande patrimônio, com o qual acabou de criar a mim e meus dois irmãos. Estou atualmente com quarenta anos; aos dezoito entrei para a Faculdade de Direito, poderia ter feito vestibular para qualquer carreira, pois sou superdotado e atingi pontuação muito acima do necessário para entrar no curso. Não me arrependo da opção, mas até meu diploma de bacharel e a carteira da OAB estão incluídos no pacote.

Cansei do modo como se trata a justiça neste país, quero recomeçar do zero, talvez com atividade pesqueira na região dos Lagos, ou quem sabe alguma aventura no exterior, mas isso está demasiado na moda, me entedia. Desde que assisti ao filme e depois li o livro Na Natureza Selvagem, fiquei louco para largar tudo e entrar para um mundo menos corrompido, próximo das sensações primárias. Tenho fome de ser outro, a primeira explicação já dei, o estado de coisas da nação. Como exigir direitos individuais se o bem-estar coletivo anda tão aviltado? Contudo, tenho também grandes motivações particulares para trocar de pele, como de forma muito sábia fazem alguns bichos periodicamente. Formei-me com vinte e dois anos, consegui quase nota dez na prova da organização de classe, grande feito.

Em pouco tempo, ajudado pela mãe, abri um escritório com dois colegas de igual competência. Devido à rede de contatos de nossas respectivas famílias, rapidamente conseguimos bons clientes. Primeiro foram particulares, depois pequenas e médias empresas. Dado o alto grau de eficiência da pequena equipe, os negócios prosperaram vertiginosamente. Mal tínhamos tempo para nossas vidas privadas, em meio à série de compromissos, audiências, encontros, para efetivação de grandes contratos. Nem a utilização de estagiários resolvia o problema.

Sempre tive o gosto pela literatura, leio sobretudo romances, sou apaixonado por Machado e por Dostoievski, dois autores estupendos para quem trabalha em minha área. Cheguei a cometer alguns contos na época de estudante, guardo-os até hoje, tal como o romance que escrevi aos catorze anos, porém isso é outra história. Veleidades literárias não contam mais, acho que até da literatura cansei: de que adianta conviver com fantasmas? — todo personagem não passa de espectro... inclusive eu mesmo, protagonista dessa novela sem sentido.

Voltando ao mundo do trabalho, após algum tempo surgiram as primeiras dissensões no grupo e resolvemos nos separar. Tudo muito rápido, chegamos a um acordo sem maiores entraves, e cada um seguiu seu caminho, montando escritórios individualmente. A prosperidade continuou para todos, fui na verdade quem mais se destacou, antigos clientes davam preferência a meus serviços. Passo por cima desse episódio da vaidade pessoal, teria muito a dizer sobre os inúmeros elogios que recebi ao longo da carreira, mas prefiro calar, de nada servem, viraram pó em escaninhos da memória.

Tive intensa relação de amor com uma jovem milionária, Cíntia, por quem fui muito apaixonado, mas vivíamos em mundos divergentes. Ela podia, no momento em que quisesse, passar um fim de semana em Nova York ou Paris, capitais que venera, mas eu, com tanta atividade, estava preso à escrivaninha. Tentei acompanhá-la em algumas de suas aventuras de mar, terra, céu, todos os espaços reunidos, mais o subsolo, porém não deu certo. Nunca havia tempo suficiente para estarmos juntos. Mesmo quando se encontrava no Rio de Janeiro, eu jamais tinha a disponibilidade de que ela carecia. Sei que me amava, mas sua liberdade se chocava diretamente com a semiprisão de meu ofício.

Depois de seis anos de muitas separações e reatamentos, brigas desproporcionais e tentativas de reparo, optamos pela desistência. Sofri muito, tive que tomar porres enormes para curar a dor da perda. Eu a amava demais, e foi um período em que fui muito fiel, não porque julgasse isso moralmente necessário, mas porque não carecia de mais nada. Não havia propriamente harmonia, éramos muito discrepantes para isso, mas obtínhamos grande saciedade no amor, na paz e até nas frequentes guerras.

Quando acabou, o Universo foi junto, meu mundo ruiu, fui à lona sem conseguir me reerguer ao final do combate. Passei uns três anos saindo praticamente todas as noites, dormindo com algumas maravilhosas mulheres, outras nem tanto. O Rio tem essa qualidade que também é um enorme defeito; caso se queira, a cada semana pode-se ter uma ou até duas mulheres novas na cama, carne fresca à vontade. Mas, depois de algum tempo, satura. Variedade em excesso cansa, havia dias em que olhava para a agenda de encontros amorosos (leiam-se fornicações) e nenhum nome apetecia. Ou então, procurava aquela loira espetacular e ela me atendia friamente, estava com ódio por minha inconstância e/ou tinha arranjado outro. Caí num vazio total, com risco de nunca chegar ao fundo e ficar pendurado num galho de precipício. Barco de papel à deriva em mar revolto.

Felizmente, como sou Touro, com uma energia mental e corporal fora do comum, o trabalho não era muito prejudicado pelas orgias fenomenais daquela fase. Podia dormir às três da madrugada, e às sete horas lá estava pronto para começar a jornada, seguia com disposição total até o fim, quando então começava a angústia de procurar alguém para sair, amigo ou amante, tanto fazia, a lacuna precisava ser preenchida. Não lia mais um livro sequer, nem tinha paciência para ficar em casa, muito menos vendo TV ou escutando música. Meu lar era a rua, os restaurantes finos, as boates da moda, as casas de massagem, os salões da aristocracia carioca, as lojas caras para desperdiçar o dinheiro suado. A nada nova esbórnia, sob o sol, ou noite adentro.

Até que um rosto se destacou na multidão de mulheres, Lúcia, lúcida, linda felina. Não mais bela talvez fisicamente do que outras com quem havia saído, mas tinha algo além do comum que me fisgou, a inteligência de quem não tem pressa de prender o macho. Nem vadia, nem fêmea submissa. Ela, apenas, singularmente única. A nova mulher de meus sonhos, com todos os atrativos corporais que encantam o mais exigente dos homens, e um surplus de argúcia e talento artístico. De família igualmente rica, vivia no meio que eu frequentava, dando-se ao luxo de estudar e produzir arte na faculdade. Já estava no último período quando nos encontramos, suas esculturas e pequenas instalações começavam a fazer sucesso, num mercado artístico carioca até ali em início de expansão. Era o começo dos anos 1990.

Não foi propriamente paixão, mas amor que se instalou de mansinho. Durante algum tempo ainda saía com outras, por mera insegurança. Estava acostumado a largar as garotas e a ser abandonado por elas, havia muita reciprocidade na matéria. Tive medo de me envolver com Lúcia e depois ser trocado por aqueles belos homens, alguns solteiros, disponíveis na balada. Mas ela era sábia e determinada, escolhera-me e ponto. Não desistiria facilmente, pressentia correspondência no ar. Súbito, acabamos por nos corresponder totalmente, passamos a morar juntos depois de quatro meses de namoro — senti vontade de dividir o espaço, como se diz, com aquela pessoa. Enfim, um corpo emergia da massa amorfa de seres intercambiáveis. Não queríamos casar, achávamos a instituição matrimônio pavorosa, a começar pelo nome. Marido e esposa, vejam que coisa, e no entanto muitos continuam embarcando na nau de doidos.

Apesar da enorme pressão da família dela para que entrássemos na igreja da Nossa Senhora da Paz e oficializássemos a união aos olhos da boa sociedade carioca, resistimos o quanto pudemos e vivemos uns dois anos em puro deleite. O mundo parou para mim. Larguei antigos amigos, abri mão das falsas relações, só mantendo Flávio, grande parceiro de todas as confidências até hoje. Esse é o único que não está no pacote, não abro mão dele por razão alguma, são vinte anos de amizade sem falha, ocupando com certeza o lugar do irmão mais novo, que perdi quando tinha vinte e dois anos, Saulo, a quem era muito afeiçoado. O resto deletei como mensagem inconveniente, extraí da programação como software inútil ou vírus. Tudo gentinha. Doravante vivia para o trabalho, mas sobretudo para ela, quem de fato interessava, musa exclusiva. Abri outro arquivo, em nova pasta.

Nos finais de semana, encontrávamos Flávio e a esposa, o quarteto perfeito, como os bons círculos. Até que Lúcia engravidou, no terceiro ano de relacionamento, fizemos grande festa quando veio o menino, a quem demos meu nome. Num espaço de cinco anos, nasceram mais dois: Rafael e Lucinda, todos tinham os traços acentuados da mãe, com pinceladas do pai. Lúcia largou progressivamente o trabalho com arte e passou a se dedicar à família. Abriu mão de carreira que prometia bastante, mas que requeria muito investimento de esforço e tempo. Nesse ínterim, decidimos nos casar, para facilitar a vida das crianças, sobretudo quando viajávamos ao exterior. Não houve cerimônia, apenas ritual discreto em cartório, com presença dos filhos, até o mais novo, Rafinha, ainda bebê na época.

Enquanto isso, os negócios se expandiam à larga. Com a morte da mãe, recebi também metade da herança, dividida com o irmão mais velho. Assim pude comprar um sítio na serra e uma linda mansão no Alto da Boa Vista, que para mim é a serra em pleno Rio: clima, suavidade e lazer, noves fora a segurança. Adquiri também uma casa em Angra dos Reis, em amplo terreno numa ilha. Cidade, montanha, praia: a vida sorria, éramos tidos como o lar perfeito, com certificado da Associação das Famílias Felizes. O resto do dinheiro foi investido em ações, dólares e ouro. Tudo mudou com um acidente brutal e ao mesmo tempo corriqueiro nos tempos de hoje. Rafael foi vítima de bala perdida quando certa noite retornávamos para casa vindos de Itaipava. A polícia trocava tiros com bandidos próximo a uma favela, fomos alvejados três vezes, duas sem dano algum e a terceira fatal. Justamente o filho que Lúcia mais amava, sempre essa mania de as pessoas elegerem uma das crianças para devotar maior afeição. O afeto que deveras afeta, com o risco de sufocar, amargos laços de família.

Lúcia ficou inconsolável, o luto não tinha fim, tudo o que acontecia de ruim vinha agravar a tristeza e o mau humor, as boas coisas não compensavam a dor ingente. Então os problemas se ampliaram, como quando certo objeto, antes não visto, passa perto de grande concentração de massa no espaço sideral, tornando-se, assim, finalmente visível. Isso se chama, em cosmologia, de lente gravitacional. A partir daí, surgiram inúmeros outros instrumentos de ampliação, fazendo cada vez mais presente o que se escondia nos vãos remotos da casa. Mil amargas folhas, mil refolhos, mil escolhos. Depois de algum tempo, Lúcia transformou o luto em agressividade, passou a ter ódio do mundo, incluindo-me nisso. Ainda gostava dela, mas tanto fez que o amor se dissipou, e também me dissipei, voltando a sair à noite.

Tudo era motivo para não voltar a casa, reencontrei os antigos camaradas que havia abandonado por causa do relacionamento. As farras eram discretas no início, depois se estendiam pela madrugada. O retorno ao lar era um inferno, Lúcia recusava o papel de coadjuvante, exigia dedicação exclusiva quando na verdade já não havia amor algum. O litígio se tornou aberto, e nenhum dos dois tinha coragem para pedir separação. Ela passou a jogar os filhos contra mim. As crianças viraram reféns, como rotineiramente acontece nos conflitos familiares, sou especialista no assunto. Os inocentes terminaram aceitando o papel, demonstrando agressividade ímpar para comigo.

Virei covarde, temendo o regresso ao vazio. Meu erro, seu desacerto. Ela... bem, ela precisava de um homem em tempo integral, não tinha mais vida própria, passou a me acusar de ter frustrado sua carreira, quando fora ela mesma quem tomara a decisão de parar. Pode-se dominar a última teoria quântica, não se compreenderá a psicologia feminina. O mesmo talvez possam dizer as mulheres de nós, embora as coisas estejam em ritmo de mudança. Em breve, nos encontraremos todos numa zona medial, entre os extremos. Há cada vez mais homens sensíveis, e cada vez mais mulheres vigorosas, sem serem rígidas: os opostos se cruzam, permutando qualidades. No futuro, os sinais serão outros, a próxima geração dominará o código — vital.

Lúcia fazia apenas pequenos objetos artísticos, que distribuía entre amigos, já as galerias a ignoravam. Não conseguindo me libertar, os filhos me hostilizavam, eu mesmo me desprezava. Até que nos separamos, ela ficou com metade de tudo o que construímos juntos em dez anos, a mansão do Alto da Boa Vista e a bela propriedade em Angra dos Reis. Sobrou para mim o duplex que estava alugado na Atlântica, onde passei a morar, o escritório de advocacia e o sítio em Itaipava, além de parte das ações, do ouro e dos dólares. Com o afastamento, as crianças, agora adolescentes, voltaram a ser afetuosas, embora com restrições. Amo minha família e gostaria de manter uma boa relação, quem sabe retomar o que era antes, porém tornou-se inviável. Estou cansado de tudo.

Habito, na verdade, um terreno baldio. O vazio se instalou de vez, todo o luxo se revelou supérfluo. Preciso desesperadamente mudar de existência. Sou homem semidestruído, pelo álcool, pelo sofrimento, pela impossibilidade. Tudo se transformou, saturei-me de mim. Flávio me ajuda como pode, mas tem inúmeros problemas com a própria família, o casamento está em crise, perto do fim, pode ser que fujamos juntos, para qualquer lugar. O mundo está vindo novamente abaixo.

Vou acabar aceitando o primeiro lance que aparecer, só quero a chance de entregar as chaves ao ditoso comprador, botar o dinheiro no bolso e pegar um táxi para o aeroporto mais próximo. Pretendo trocar de cidade, nome, profissão. De vida, sobretudo de vida. Não me reconhecerão, farei tudo para isso, até mesmo plástica — pintar o cabelo, vestir roupas improváveis. Qualquer coisa para desfigurar quem tenho sido. Quero a antinatureza do que tive até aqui. Nova máscara, vida nova, outra cor local.

Por todos esses motivos, coloquei a antiga vida à venda. É de grande valor, juro, jamais ofereceria produto estragado, eu é que não suporto mais, senão peço moratória, ou morro, não tem saída, impossível dobrar o cabo de minhas ferozes tormentas, só outro de mim pode me salvar. Enquanto não saldo essa dívida pessoal, a dor cobra juros e mora a perder de vista. Pode ser que eu mesmo, em pessoa, não valha nada, mas possuo valorosos bens. Materialmente rico, existencialmente um homem acabado.

Quem dá mais? Verdadeira pechincha! Queima total de estoque até o último componente; se sobrar alguma coisa, leva como brinde — todavia, prefiro vender o pacote. É isso, aguardo sua visita em meu endereço real para logo, logo. Conto com sua boa vontade e o desejo de também mudar de vida. Renovar o pelo faz bem, os animais sabem, já disse, ganharemos todos. Até muito breve.

(19.III.08)

TIGRES TIGRES

*Livremente inspirado na série das
cadeiras elétricas de Andy Warhol.*

Para João Cezar de Castro Rocha

Primeiros tigres da alvorada lutam contra as trevas, incendiando a noite infinda, mas que tenho a ver com tigres, alvoradas, lutas, incêndios. Aqui o negror em vez se adensa, sigo em coche funéreo rumo ao Pavilhão, no outro lado do imenso pátio. Roubaram a manhã mal raiada e todos os dias a que ainda teria direito, embora não possa calcular exatamente quantos. É desolador viver num país em que levam humanos ao abatedouro, como reses ou aves. Sou o único no mundo a saber da inocência, ainda que inúmeros defendam a vida, tal informou o advogado. Os inimigos arremataram todas as provas contra, também na situação era fácil, fui flagrado próximo à cena do horrendo crime. Sem álibi. O resto foi trabalho daqueles que precisavam arranjar culpado. Numa das últimas nações a praticar o assassinato legal, nada mais simples do que criar bode expiatório. Com quase nada, apenas a ração diária de ódio e destruição, ainda mais se a cor da pele ajudar. Daqui a instantes, atarão a cadeira, e forte corrente elétrica percorrerá todo o corpo. Pode ser que tudo prestamente se desate, com parada cardíaca e efeitos colaterais. Pode ser também que a estrutura resista além do previsto, aí o espetáculo se tornará mais nefando, segundo ouvi, com urros absurdos, cheiro de carne tostada. Não faltará plateia, alguns despenderam pequena fortuna para assistir da primeira fila, festejando a crueldade. Há mesmo os contumazes, que acompanham o campeonato de abates todos os anos, fascinados, em assento cativo. Mirarei o rosto de cada um, sem temor nem tremor.   Chegamos. Atravesso corredores em silêncio, não sei se gente ou fera, provavelmente ambos, nos meandros. Assovio a canção da esperança, o carrasco se vira espantado, sorrio com as vísceras. O raciocínio começa a escapar, as palavras viram névoa, o vídeo da existência passa a galope, esvaece. Tudo é torpor, nada mais faz sentido. Sucumbo no auge da força, sob invisível pressão. De repente, irrompe o inesperado raio, a morte antes da morte. *Aconteceu.* Partiu o fio, cá dentro, enrodilhado. Me vejo do outro lado da vitrine, banido do mundo dos vivos. Saber que estou condenado, única certeza, me faz perecer antes do ato, embora um indulto possa sempre chegar de última hora. Ou tarde demais. Até os tigres arrefeceram agora, lá fora, em alvíssimo tom, filtrado pela claraboia. Sem ruído, pouco antes de a noite nova e precipitadamente desabar. Triste fim, jamais pensei que nasci para assistir ao dia de meu próprio homicídio. Como muitos outros, dirão, mas poucos são os que se defrontam com o instante último transformado em diversão pública. Eu, o protagonista, o espectador, o ator e até certo ponto o dramaturgo. Não ouvirei adeus, farewell, au revoir, hasta la vista, Aufwiedersehen, sayonara. Apenas o som seco de alavanca da corrente geral. Um homem só. Principiou o grande final, indefensável, um distraído toureiro, prestes a. Mas estou absolutamente sereno. Enfim a descarga de alta voltagem, forte estremecimento. A dor. Aplausos entre grades, na arquibancada. De novo, escuridão, repouso. Faz dia claro.

(28.XII.08)

MATA

A thing of beauty is a joy for ever:
Its loveliness increases; it will never
Pass into nothingness; but still will keep
A bower quiet for us, and a sleep
Full of sweet dreams, and health, and quiet breathing.

[O que é belo há de ser eternamente
Uma alegria, e há de seguir presente.
Não morre; onde quer que a vida breve
Nos leve, há de nos dar um sono leve,
Cheio de sonhos e de calmo alento.]

John Keats, "Endymion"

Eis a estátua. Em êxtase contemplo agora
a famosa beleza de Endímion.

Konstantinos Kaváfis, "Diante da estátua de Endímion"

[...] Me placía
Dormir para soñar y para el otro
Sueño lustral que elude la memoria
Y que nos purifica del gravamen
De ser aquél que somos en la tierra.

[... Agradava-me
Dormir para sonhar e para o outro
Sonho lustral que elude a memória
E que nos purifica da gravidade
De ser aquele que somos na terra.]

Jorge Luis Borges, "Endimion en Latmos"

1º. dia: Me separei sem querer do grupo de amigos com o qual vim fazer um piquenique e tomar banho de cachoeira. Achei que poderia encontrar outra queda-d'água sozinho, mas quando me dei conta já estava perdido, apenas a mochila nas costas, com alguns sanduíches, biscoitos e suco em garrafa, além de apetrechos, mais este caderno de notas, do qual nunca me separo e onde lanço tudo o que ocorre. O resto das coisas deixei no acampamento, acreditando que ia voltar logo. Pensava em sossegar num recanto só meu, mas já está anoitecendo e não tenho certeza de estar no rumo certo. Anoitece, vou procurar lugar para dormir, amanhã vejo o que faço.

2º. dia: Não há mais dúvida, estou completamente perdido, os caminhos se fecharam, ainda que haja inúmeras trilhas por onde seguir. O pior de um labirinto não é colocar obstáculos, mas multiplicar as passagens ao infinito. Sobretudo quando se trata de labirinto natural, com várias entradas sem saídas, sem bandeiras nem sinais à vista. Qualquer sentido em que vá, seguirei para meta alguma. Posso tanto estar percorrendo a boa trilha, para a estrada, quanto indo na direção contrária, me embrenhando a fundo na floresta sem fim. Pior mesmo é a sensação de andar em círculos, muitas vezes parece que caminhei durante horas para retornar ao ponto de partida. Os locais são parecidos, como quando, certa vez, fomos a Belém e entramos num bairro em que todas as casas se assemelhavam, era muito novo e me desgarrei sem conseguir voltar ao hotel, até que um policial me viu e entregou aos pais, tais. A selva é uma grande cidade de arranha-céus parecidos. E as grandes cidades são selvas espalhadas ao acaso, onde com facilidade nos perdemos, entre cipós e buzinas, desfiladeiros e fumaça, a megalópole. Aqui é como se estivesse consultando um vasto mapa, só que, em vez de ver de cima, palmilho o interior de sua extensão. E a visão interna do mapa, com pequenos relevos, vales, mais e mais confunde, sem apelo. A carta geográfica coincide plenamente com o território a ser percorrido e   sou uma nulidade em termos de conhecimentos botânicos, sempre habitei o mundo das letras, ignorando os ensinamentos do pai. Este sim domina todos os nomes de plantas, tanto os científicos quanto os populares. Biólogo de formação, veio do Espírito Santo, depois de completar os estudos em São Paulo, para morar em Manaus, a fim de trabalhar num grande laboratório em projeto de identificação e classificação de espécies desconhecidas, com finalidade farmacológica. Ganhava muito bem, acabou conhecendo a linda mestiça, quase totalmente índia, Liliana, minha mãe, com quem casou e ficou para sempre. Hoje também é agricultor, adquiriu uma boa terrinha. Sempre ouvi em casa termos estranhos, que não me diziam nada. Agora percebo como seria útil conhecer a designação e a serventia de toda essa vegetação. Sou analfabeto florestal, qual a utilidade dessas folhas e flores, não sei. Mal conheço os frutos comestíveis, poucos estão a meu alcance. Minhas folhas são outras.

4º. dia: Fico cada vez mais aflito, as provisões vão acabar cedo ou tarde, começo a me alimentar também das poucas frutas que encontro pela frente. As árvores são demasiado altas e não consigo pegar todo o alimento de que preciso. Já enfrentei chuva, vento, frio, tive que abandonar algumas coisas ao longo da caminhada. Rotas continua havendo muitas. Quebro galhos, marco troncos, espalho sinais, para ver se me encontram. A floresta se fecha sobre mim como bicho verde, querendo devorar. É pura fantasia chamar a natureza de mãe. Nem mãe, nem madrasta, outra coisa mas   sempre gostei da vegetação, mas nada aprendi de suas regras, nem de seus benefícios. Tudo o que desejava é que as portas se abrissem de vez, os arvoredos dessem passagem até a estrada recém-construída. Estou muito longe do éden, embora haja cobras, raízes e frutos envenenados por toda parte. Entretanto, sinto confiança, em algum momento o resgate vai chegar, nem que até lá seja obrigado a sobreviver de insetos.   não tenho medo da morte, mas seria cruel desaparecer aos vinte e poucos anos, sem ter tempo de deixar qualquer traço. Cultivo essa obsessão desde pequeno, inscrever marca, que junte algum saber a outro tanto de afeto. Afeto e saber são os dois valores que mais prezo, como o sentido mesmo dessa terra, desses ares, dessas águas, dessa paisagem minha e bastante estrangeira. Tenho grandes amigos, poucos, fui criança e adolescente solitário, mas aprendi a seduzir e ser seduzido por essa maravilhosa arte, a amizade. Os melhores estavam comigo no acampamento, fazem falta, tanta. Daí que insisto em

7º. dia: Pai, preciso imaginar que você está aqui, para não enlouquecer. Não sei se terei ainda muitas páginas para continuar o diálogo interrompido, que começou nesse último ano, quando você enfim resolveu diminuir o trabalho, podendo então prestar atenção na casa e em nós, especialmente em mim. Mas esteja certo de que em todos os momentos, ainda que não me desse conta, você foi meu orientador-mor, também ou sobretudo a contrapelo. Muito do que sou é uma resposta a sua força opressiva, a sua inteligência esmagadora e a seu coração, que adivinho sensível, todavia. No fundo, você é um homem delicado, embora a couraça oculte. Ainda quando não me dirigir diretamente, é em você que estarei pensando — o interlocutor virtual de que tanto careço...

10º. dia: Pai, pai, por que me abandonou, se sabia que eu era incapaz. Sempre fui o mais frágil de todos, aquele que dificilmente vai seguir a profissão paterna, sobretudo quando o pai é biólogo e agricultor. Filho de peixe, peixinho, peixão, eu não, nessas tontas correntezas. Pois sim, deveria ser, mas habitamos águas diferentes. Vivo num aquário, enquanto você navega o vasto rio com sua índole conquistadora, de sangue europeu, numa canoa, abaixo e acima. Quantas vezes, por brincadeira ou muito a sério, pegou minha mão e disse que era de-moça, sem marcas de enxada ou facão, sinais do árduo labor que tem sido sua vida nessas margens. Sei que, como tantos pais, queria alguém, digamos, mais consistente, mais preparado talvez para a guerra lá fora. Todavia, você mesmo, com os livros que trouxe de sua terra natal e também de São Paulo, me abriu as portas de mundos que eu talvez nunca venha a conhecer de perto. Tenho a impressão de ter nascido entre as estantes e não na maternidade, como   primeiras recordações são entre livros, páginas, letras, literalmente comendo papel, como se meu pequenino corpo se cobrisse de inscrições, vindas dos volumes que lhe pertenciam. Isso é tão mais forte porque lembro, nem sei que idade tinha, de ficar sobre suas pernas enquanto lia algum tratado científico ou romance. Mais do que o útero da mãe, foi o colo do pai que primeiro abrigou meus sonhos, na tecelagem onírica que é, para mim, hoje, a literatura, a vida.   você me mostrava um volume com gravuras apenas para que as imagens se imprimissem na pele da alma. Depois, vieram leituras de fábulas, algumas muito antigas, de distantes terras, outras eram contos da Amazônia mesmo. Em minha cabeça, desde essa época sempre se misturaram Teseu e o Minotauro com a lenda do boto, e a Iara, Mãe-d'Água, com as sereias de Ulisses. Até hoje não sei em que terra fabular vivo, pois as histórias estão arquivadas na medula, vitória-régia em fina estampa. Lembro que comecei a ler por pura imitação. Ficava fascinado quando, depois do jantar, você pegava um livro e se sentava em sua poltrona preferida para imergir na leitura. A mãe lia menos, preferia coser, bordar, fazer crochê. Mas também ela de vez em quando estava às voltas com um romance, importado lá do sul por reembolso postal. Tais cenas de leitura estão entre as de maior afeição que já experimentei. Um dia, ainda muito novo, estava passando os olhos numa revista e as letras começaram a se juntar, aquilo começou a fazer sentido! A mãe percebeu e gritou, *Ele está lendo! Meu filho aprendeu a ler sozinho!*, me senti flagrado, em situação de culpa. Detesto até hoje quando olham por cima dos ombros enquanto escrevo, é como se me apanhassem no ato. Escrevi muito, demais até... Hora de descansar dessas improvisadas memórias, modo de companhia. Tenho fome e

14º. dia: Volto ao assunto do outro dia, pai, continuo a prosa, para disfarçar a fome crescente. Não quero permanecer apenas a cópia de sua matriz, o retrato de seu semblante, deixo esta função para o mais velho, aquele que fatalmente seguirá seus passos. Desejo interromper a linhagem, me reinventar pai de mim mesmo e, se possível, seu pai também, lhe dando a vida que não conseguiu ter, indo mais longe do que pôde alcançar. É duro ser herdeiro, permanecer sempre filho-de, careço sair da posição   me estabelecer algum dia escritor, virar talvez artista, vir a ser alguém, nalgum lugar. Certa vez, no começo de nossas discussões, você me acusou de ser obcecado pela diferença. Sim e não, amo a diferença na semelhança, e certa convergência na distinção. A previsibilidade é que me irrita. Não quero ficar aquém do projeto — de ser. Não vou morrer tão cedo, creio, creia também. Fome de ser outro, se tempo houver, como as sensitivas   olhos em toda parte, a floresta inteira me espreita, talvez como um bastardo. Ontem tive um sonho esquisito, como todos. Sobre uma mesa, toalha branca, algumas frutas de cor esverdeada, ao fundo mais uma, na verdade um crânio — ainda o prato, algumas folhas, a parede cinza-azulada. Sonho colorido. Tentei comer, inutilmente, as frutas não tinham sabor, e o crânio parecia ser o meu próprio. Acordei com leve dor de cabeça, certa ânsia, gosto de tinta na boca   Lembrei de um livro ilustrado em seu escritório.

17º. dia: Estou cada vez mais fraco, a comida está chegando ao fim. Em breve, não vou ter forças nem para escrever. Não tenho medo da morte, mas tampouco a amo. Sinto grande amor pela vida, muitas coisas por dizer, realizar. Tentei me masturbar por pura distração, parei com medo de gastar energia. Fica também difícil ter desejos eróticos nessa situação. O risco se encontra em toda parte, ontem caí numa vala e machuquei muito o braço, alguma dessas plantas ajudaria a tratar o ferimento, não faço ideia de qual. A fome está apertando, tento me alimentar de frutas e insetos comestíveis, como um pregador no deserto verde, nada satisfaz. Só não perdi a noção do tempo porque risco no caderno um traço, para cada dia de abandono e tristeza   aí não adianta chorar, nunca fui melancólico. Sofrer é embrutecedor, porém inevitável, vale mais aceitar a dor, não para se deleitar, apenas para deixá-la circular, humor ruim que escoa   tristezas não são comigo, mesmo. Já inventei inúmeras possibilidades de saída. Nada até agora deu certo, o labirinto não deslinda, mais e mais se cerra, por todos os lados. Se pudesse enviar sinais de fogo, talvez algum desses helicópteros, que por vezes ouço passando, pudesse captar. Estou calmo, porém, preciso continuar assim. Sou um náufrago das selvas, à toa, na imensidão verdejante e zombeteira, em cirandinha. Haverá índios por cá? Me reconhecerão como um dos seus, ao menos por parte da mãe? Ou me verão como de tribo inimiga? E as onças, o feroz jaguaretê, com quem me identifico? Eu, felino, predador?!...

21º. dia: Escrever para sobreviver, distraindo a fome. Nasci no meio da floresta por acaso — mas haverá nascimento ca sual? Não será o modo de nascer a única coisa de que não se escapa nunca, marcando para o resto da vida? A vontade foi sempre de estar em grande capital, onde poderia encontrar o que me fascina, as melhores escolas, as livrarias e os cafés, os teatros, os bares, as festas populares, que também temos por aqui, os espetáculos, a vida cultural, em suma. Tudo o que na província se encontra de forma reduzida ou nula. A floresta é desumana, talvez jamais consigamos domesticar, com o risco de desaparecer junto... Estou declinando, as coisas todas se esfumam, perco o senso da realidade, a razão se

24º. dia: Estou cada vez mais fraco, quase nada para comer. Acho que vou morrer e me apavoro. Quem nunca passou por isso não faz ideia. Morte é coisa abstrata enquanto se vive com saúde, agora tudo mudou. Findar é o objetivo da vida, voltar ao repouso. Mas não há inércia absoluta. Esses insetos, que me atormentam as feridas faz alguns dias, vão continuar o movimento que começou antes de mim e ao qual meu corpo apenas deu continuidade. Sou atravessado por forças que me ultrapassam e que agora me escapam de vez. Ando meditativo demais... Seguro minha própria cabeça com as mãos, para não enlouquecer   pensamentos tenebrosos são esses? Bem que apreciaria   e caio

26º. dia: Sinto muita fome. Sonho com o que virá, para tornar possível, e não para habitar o mundo sonhado. A coisa melhor dos sonhos é poder fazê-los reais, mas aqui, no meio da mata, terei êxito? A sobrevivência será o ônus da prova, em alguns dias terei a resposta. Continuar a viver, seguir adiante, é parte fundamental do sonho. Preciso comer, preciso   quando giro em volta do mesmo eixo. O pesadelo não passa de um sonho com sinal invertido. A vida na verdade é o sonho mesmo, estar vivo um gozo inigualável. Sinto febre, tresvario, ideias confusas... estar noutro lugar, ser, já disse   anoitece, a escuridão se fecha e já não dá para ler direito o que rabisco, sem muito refletir   fome, a Grande Fome.

27º. dia: Riscar para continuar   folhas em branco também começam a acabar. Se pudesse utilizar as folhas verdes como papel de escrita. Meus passos vão traçando fábula sobre solo úmido. Muita coisa passou ontem diante de mim, num roteiro trepidante. Lembrei da capital de minha infância, que tanto mudou! Sobretudo bairros pobres que cresceram   muitos miseráveis migraram em busca de trabalho, daí novas palafitas e mais pedintes nas ruas. Nossa ópera continua cintilando, lá fui algumas vezes acompanhando o pai, achei tudo extraordinário e distante, mas aquele mundo também é meu... Engraçado, me sinto tanto o mais arredio dos índios quanto o mais supostamente civilizado dos brancos. Um pouco da mãe e outro tanto do pai. Os dois são muito belos, como poucas pessoas que conheço. Dizem também que sou bastante bonito, mais do que o mano, mas isso é difícil confirmar, espelhos são lâminas de autoengano... De que vale a beleza que se acha bela?... Vontade de mudar para o Rio de Janeiro, se sair dessa, cidade que conheci aos oito anos, quando o pai me levou de avião e depois seguimos para Vitória. Acho as duas cidades lindas, montanhosas e cheias de riscos. No próximo ano, vou pedir para morar no Rio e fazer faculdade, de Letras ou de Artes, porque também gosto muito de desenhar, está na hora de traçar destino. Para o pai, importante é que adquira o saber, a verdadeira herança. Sempre disse que herdamos verdadeiramente o saber, tudo o mais pode se perder, bens, anéis, trens, tremas... me devora agora o que não sei, Saberei? Tudo névoa, nulo, nada... Vou dormir, o corpo dói muito, a fome aperta e mal dá para rabiscar. Quem disse que

28º. dia: Encontrei, por acaso, alguns favos de mel, num tronco de piranheira, acho, vão me dar algum alento. Escrevo por pura distração, para não descarrilar de vez... Economizo ao máximo o papel, que só dura mais alguns dias, como eu poderia me chamar Edílson, Edmilson, Édino, Édimo, mas preferiram me nomear Moacyr... Doo todo, cada osso, cada fibra, cada tecido, muito dado a doer. Fabulo demais. Afinal pode um índio pensar? Ou será que refletir é privilégio de europeu? Será possível filosofar em tupi-guarani? Mas será que sou índio mesmo, se metade de mim é feita de sangue italiano? Existe pensamento nos trópicos? E esses viajantes que desde o dito achamento pelos portugueses nos visitam e reclamam tanto de nosso atraso, têm ou não razão? Dúvidas, muitas. Sinto falta de meus livros, sede de cultura na selva, depois estou muito cansado e faminto, não tenho

29º. dia: Tentei comer raízes cruas, vomitei tudo irmão mais velho puxou mesmo ao pai, em tudo. Engraçado esse verbo puxar — como se alguém esticasse as qualidades e os defeitos de outra pessoa... Filho de peixe pode puxar a onça, a cordeiro, a veado, a cabra, a gato ou a qualquer outro animal, selvagem ou doméstico. Porém, de que me importam essas questões, se estou perdido? O único legado que tenho agora para cuidar sou eu mesmo, este corpo, esta chama, esmorecendo até poder preservar o feixe de carnes, fome, ossos, sensações, sangue e gases como me chamam, Moacyr   Pai agora virou fantasma, cuja aparição   tudo dói agudamente, perfurando fundo mera divagação de imaginário doente... Nenhuma lição a tirar, sobretudo se   mel está acabando, não sei de que vou viver. Preciso é

30º. dia: Quase nada para comer, só restos, e estou cercado de tantas plantas, tantos bichos... Tenho a impressão de ser personagem em fábula, escrita por espírito maligno. Sinto ímpetos de perfurar a folha de papel, a fim de golpear o maldito artista que desenha minha história. Já não controlo os pensamentos, sinto   pronto, até o papel vai acabar, não há salvação   abandonado de vez pelos deuses, nem bombeiros nem o pai apareceram. Só ouço o barulho de bichos e de insetos, monstruosa sinfonia. Acho que estou chegando perto de rio, ruído de água a distância. Vou terminar junto com as últimas páginas, o caderno acaba, me desfolho todo   nunca pensei que fosse findar assim, sem braço amigo — paterno ou fraterno. Pai, pai, por que me abandonou?, só sei dizer   de que um filho precisa é de compreensão, nada mais   pais e filhos, um dos pares mais cheios de conflitos... Está próximo o dia em que os filhos nascerão sem pais   para onde, aliás,

31º. dia: Tenho tido muitas visões, sonhos incompreensíveis, não vou durar muito, insetos atormentam, invadem insistentemente o corpo, se vingam   dois dias sonhei com o Boto e com a Iara, os dois ao mesmo tempo. Ontem Jacy, a mãe-lua, também veio visitar com luminosos raios, noite de muito erotismo, cheguei a gozar dormindo   sei que já não tinha nenhum tesão, pelo visto ainda sobrou algum ou   pergunto se os raios prateados na clareira noturna foram verdadeiros ou não passaram de sonho. Queria tanto... Preciso continuar, não posso continuar, quanta   tudo dói, a vida se me dói, ossos partem   sim, Moacyr morre, o corpo e o nome seguirão juntos para a vala anônima de onde ninguém escapa, sob o solo ou acima das nuvens, que   sim, sim, viver, sonhar, sobreviver, na fímbria verde   floresta permanecerá para sempre a biblioteca nunca lida, todos os volumes ao alcance da mão até o fim e caminhos levam a parte alguma o traçado se confunde a rota extravia o mapa   o labirinto verde breu sem destino   ai rostos miragens a cidade em pleno deserto verde   suave é viver só mas e daí   falha a memória não consi   artimanhas de ninguém branco branco branco que luz é essa pai então   rever a capital e morrer nas vias nas veias nas

Vocês imaginam, a dor não tem tamanho, mas preciso dizer alguma coisa para suportar melhor o peso do que é sem medida... Encontrei Moacyr, meu filho, já desfalecido. Acompanhado de dois de seus amigos e do outro filho, mais velho, adentrei a floresta com experiente mateiro, índio habitante da cidade. Perambulamos semanas ao acaso, mas sabendo sempre como retornar. A selva não tem orientação nenhuma para quem desconhece troncos e sinais, mas é emaranhado de signos, para quem sabe decifrar. Sou bom leitor da trama vegetal, vivo disso.

Depois de muita procura, já sem esperança, no trigésimo primeiro dia ouvimos gemidos abafados. Lá estava ele, na beira-rio, bem à margem, somente de cuecas e com a fina camisa que trazia quando se separou dos amigos. Parecia estátua semiviva, rosto levemente voltado para o chão. Raios de sol filtrados pela vegetação iluminavam o corpo. Levantei nos braços, mais belo do que nunca, como se os maus-tratos, reduzindo seu peso, o tornassem etéreo. Suave mármore escurecido, marcas do sofrimento extremo. Ainda mais parecido com a mãe, a cabocla que desposei quando vim dar nessas terras amazonenses, destinadas a quê...

Quando o abracei, disse apenas, Pai, pai, e mais alguma coisa que não consegui ouvir. Felizmente ainda me reconheceu. O caderno de notas, manchado de seiva e de vômito, estava um pouco adiante, sobre o mato ralo. Da débil boca saíram insetos. De repente, disse, num sopro, Fome... , trincou os dentes e dormiu.

O rastro de Moacyr ficará perpetuado nesses matos, nas cascas das árvores, no pelo dos bichos, na água. Para mim, doravante a floresta se fez deserto, o deserto se fez selva, e a cidade é o local onde jamais terei abrigo.

Filho, temos que fazer tudo enquanto ele está vivo, depois que morre, acabou. Tenho o resto dos dias para sofrer o luto interminável.

A mágoa é estar certo de que, fosse gente rica ou autoridade política, o resgate teria sido eficaz, com muitos bombeiros à cata. Alguns aconselharam processar o Estado, que existe para proteger todos os cidadãos. Acho inútil, me resigno aos fatos e à dor.

(01.XII.09)

ARTE NOVA

Havia, talvez haja ainda, em antigo shopping do Leblon, uma loja com objetos art nouveau magníficos; o próprio lugar era joia que fulgia em meio ao corredor de butiques com refinada quinquilharia. O dono, insuportável, transformava o espaço em cofre-forte, não se podendo entrar e sair livremente, somente com hora marcada, ou conforme o humor do patrão. A falta de liberdade estragava um pouco o prazer de tocar a beleza, e não apenas contemplar, nada platônico que sou. Sempre detestei pais que escondem o brinquedo caro, para que filhos não quebrem, antes fosse de borracha, lata ou pau.

Num incerto dia, residindo no exterior, passeava de férias no Rio, quando vi lá dentro o mais belo bibelô. Pele em nacar, cabelo azeviche, par de águas-marinhas ao modo de olhos, suavíssimo coral realçando lábios, nos quais bailava sorriso de gato — felinos decerto sabem rir. Nácar, azeviche, água-marinha e coral compunham então o bricabraque maravilhoso. Aquela cor coral era sua, exclusiva, sem igual. Ele era um homem. Liso bonito. Nem tinha mais nada que chamasse tanta atenção; eu mirava, sem reter o olhar, que deslizava sobre a preciosidade. O coração batia forte. *É ele!*, exclamava, confirmando a pessoa em poesia. Estava a porta como sempre fechada, mas assim que viu, abriu incontinente, me arrastando para o interior dos braços. Não tive tempo de articular palavra, nem de indagar o nome, e já íamos para os fundos do antiquário, onde ficava o austero escritório, todo de móveis em madeira de lei.

Os lábios que acabara de admirar cobriam os meus, numa sofreguidão como nunca, e as peças de roupa choviam no chão. Tocou o telefone, teve que responder, decerto era o bruxo-patrão. Enquanto eu mordiscava o bico do peito, ele conversava com voz séria, olhos semicerrados em puro deleite. Depois, continuamos o esconde-esconde, sem padrasto para jogar água na brincadeira. Contemplar a beleza atiçava a alegria de sugar, cheirar, fruir em vivas cores, e de ser sugado, cheirado, fruído, todo sentidos. A manhã lá fora desvairava, o mar era touro que lutava contra a própria sombra, rebentando azul e branco, branco e azul, líquida mancha. A vegetação reverberava seus verdes, já devia ser meio-dia: os dois a pino, éramos extremos, e protegidos, pelos deuses.

Não lembro quanto durou o embate, talvez minutos, horas, dias — sei que até hoje guardo a impressão no corpo, como aquela mão, no poema cabralino, conserva o calor de outra há muito apertada. Ou como no poema de Kaváfis, em que todo o ser exala a voluptuosa emoção guardada, depois de longo tempo transcorrido. Ou ainda, como num outro, do mesmo poeta alexandrino, que fala da rápida nudez da carne cuja imagem atravessa dez anos, intacta, e vem agora desaguar na mínima composição. Sou também essa história, inelutavelmente.

Como despedida, estalou um beijo, desferindo a frase, *Tome muito cuidado, para ficar lindo, para sempre!* Encontro que a vida deu por simples regalo, e se bastou, nada impondo. Por isso redobrou o que em si mesmo trazia, durante a eternidade do segundo. Alguns chamariam de paixão do efêmero, outros de concisão em fúria.

Era um desses seres perfeitos — a meu estrito ver —, que nos contam, pela particularidade do rosto e do todo, sobre as inúmeras formas de ser feliz, a maior parte das vezes ignoradas. Cada pessoa que contemplamos e temos a sorte de poder tocar é como um país ainda não visitado, senha de uma bárbara viagem, sem retorno, transbordando afetos, ignotos saberes. O horizonte súbito se rasga, principiando a aventura vertical, para cima, para baixo, para todos os lados, sem a qual a vida é desprovida de paisagens e relevos, vãos, sensações, *climas*.

A beleza revelada, mesmo quando não se deixa apreender, ou talvez por isso, em vez de ideal, traz o conhecimento de nós mesmos, proporcionando a experiência interior que só o exterior do delicadamente bonito consegue. Acharmo-nos belos é inútil; segundo a lenda, mortal. Sentirmo-nos ou tornarmo-nos belos ao parecer de quem tanto nos fascina é o modo talvez mais acabado de descobrir que efetivamente existimos. Pois viver, em síntese, seria atingir o cerne das coisas com as ferramentas de quem justamente não somos. E esse alguém então nos ama, e também podemos amá-lo. Quando acontece, é a realidade das coisas (e não eu, ele ou ela) que se expõe em sua derradeira nudez, a de objetos com vida própria, pulsando selvagemente no coração da matéria.

Exultamos felizes com uma razão a mais para prosseguir, descortinando pelo amor novos planos de existência. O que ainda não existia ganha volume, coloração, aroma, textura. Rara potência. Talvez por aí se possa mensurar o valor de uma vida, também.

Nada evoco além do evento. Não mais falo. De resto, luminoso rastro.

(11.I.10)

II. BESTIÁRIO

SOPRO

*Ac per hoc omnis natura quae corrumpi
non potest summum bonum est, sicut Deus est.*

[Segue-se disso que a natureza que não se pode
corromper não é senão o Sumo Bem, ou seja, Deus.]

Santo Agostinho, *A natureza do bem*

— Pensam que é fácil? Esses anos todos, que nem anos propriamente são, pois como haveria de medir a Eternidade — esses anos todos sozinho, sem companheira, nem companheiro com quem compartilhar a existência, no vácuo. E ainda me culpam por todo o Mal da Terra; é verdade que também me responsabilizam por todo o Bem. Mas de que adianta ser o benfeitor da humanidade se com a outra mão o homem e a mulher destroem o que criei? Meu erro foi ter-lhes dado vida, na crença de estar realizando grande benefício. De boa-fé, acreditem.

Antes permanecessem no barro, de onde jamais deveriam ter saído. Mas a mulher veio depois, sua culpa é em segundo grau. Têm, porém, a mesmíssima consistência do que não presta, minha vingança é que ao barro voltarão. Não me julguem amargo, nem pessimista; é só momentânea instabilidade, também sofro crises. Por vezes, eles me põem nos nervos; depois passa, e a normalidade perene recomeça. Pouco mudou desde que tudo principiou — quando mesmo, não faço ideia. Sei que, um dia, Eu já existia.

Foi assim, abri os olhos, respirei, e já existia. Nada havia antes de mim, nada continuava havendo depois que meu corpo, se é mesmo um, começou a funcionar. Pairava grande silêncio, que talvez nem merecesse o nome, ainda não ecoava o som que lhe dá a plasticidade, por contraste. Nada havia. Nada. Só Eu que respirava e pulsava. Fiquei assim por eras, mas pretender que a coisa foi longa, é só linguagem figurada: nem mesmo o Tempo tinha a consistência de agora, sua enorme duração. Tudo era etéreo.

Até me dar conta de que podia criar. Não lembro se por acidente, inspiração ou íntimo desejo, tracei a linha do tempo real. E vi que isso era bom. Passei então grande intervalo a brincar com ele, a jogar com suas divisões e imprevisibilidades, bonanças, calmarias, tempestades. Enquanto isso, nasceu o espaço. Nenhum dos dois, tempo ou espaço, teve finalidade outra senão me divertir, nada nem ninguém podia deles se servir, a não ser o soberano Eu. Eram dimensões em que pela vez primeira podia me estender sem estar restrito ao imaginário círculo onde habitava.

Sem mãe nem pai, nem a mínima noção das origens, tenho o sentimento de que me autoengendrei. Sou talvez um acidente de mim mesmo, criei-me de um limbo inexistente. Como se operou o milagre, não indaguem. Sou o supremo Juiz, em minhas sentenças se encontram todas as justificações e esclarecimentos. O mais é supérfluo jogo humano, para driblar. O conflito é antigo.

(Ora, se Eu penso, logo não existo. Uma divindade não deveria nunca pensar, somente agir em sua onipotência. Atuar é existir, refletir é coisa de falíveis mortais. Então não penso, ajo, logo sou quem sou. Porém, se uso palavras, verbo, é porque também precariamente reflito. Ou talvez seja apenas a fantasia de um Gênio maligno, que se compraz em me conceber para cedo ou tarde aniquilar. Mas se o Outro existe, Ele também pensa ou simplesmente é? Ou então pensamos juntos que somos o começo e o fim do mundo? Era preciso saber mais. Sinto-me muito limitado, por vezes até impotente...)

Brincar de espacitempo era meu esporte favorito, um tanto abstrato, contudo útil, ao menos para exercitar minha mente no vazio. Por fim, cansei daquilo e resolvi fabricar as luzes, e vi também que isso era bom. Os fachos luminosos me davam a possibilidade efetiva de visão, embora matéria alguma existisse. Reinava o caos, já e ainda.

Fui tomando gosto e comecei a arquitetar. O problema do Universo talvez venha de que não fui treinado para fazer projetos, sou autodidata e me estabeleci por conta própria. Tudo decorre de minha estrita responsabilidade. Planejei as águas e as deslindei do firmamento, fui campeando distinções. Tomei o gosto de criar e discernir, bem como o de atribuir cores, configurações, nomes, mas isso foi outra etapa.

Surgiu então a Terra, naquele momento coberta pelas águas e já afastada dos céus, onde passei em termos a residir. Em termos, porque estou por toda parte, uno e ubíquo. Minha carne, minha alma, sempre inteiro e pela metade, conjuntamente aos pedaços. Geneticamente contraditório sou. Transformei assim um quinto da Terra em terra, dando-lhe a carne de seu nome, e o resto permaneceu água. Fui proliferando bichos, plantas, minerais, distinguindo répteis de aves, mamíferos de centauros, libélulas de minhocas, carvalhos de regatos, além de inventar seres mistos: cavaleões, cérberos, antagramas, ligrelas, esfinges, bucéfalos.

    Viciei-me de vez no jogo, nunca pensei que de meu cérebro pudessem brotar tais enormidades, do diminuto ao gigantesco. Até que inventei o homem, peça por peça, com o barro do chão, tacanho mas, por incrível, semelhante a mim. O homem se me parece. Ainda hoje me espanto com tal deslize: por que planejar uma réplica que acabaria me desafiando? Fiz como fiz, não sem arrependimento.

    Não bastando, pus a dormir e dei-lhe mulher, sua fiel cópia, mas com especificidades anatômicas. Desconfio que essa dupla imitação está na raiz do Mal. Ao me duplicar num outro, e ao reduplicar esse outro numa outra, engendrei o princípio de separação absoluta. O que difere fere, ameaça. As coisas começaram a fugir de controle ao dar vez a um ser capaz de atraiçoar. Os outros viventes, com exceção de um, mantiveram-se no papel estipulado. Só essa coisa instável que é o homem se movimenta por fomento próprio, além do prescrito. Pura imitação. E o poder maior que lhe atribuí foi o de nomear o que havia, até mesmo Eu, cuja esfinge. Eis o grande pecado, *me chamar*, como até hoje profanamente fazem.

    O homem vive migrando para horizontes que lhe estão barrados. O pior já aconteceu — ouvindo a voz insidiosa da serpente, a mulher o induziu ao erro. Puni-os severamente, interditando-lhes a árvore da vida. De eternos e tolos que eram, tornaram-se perecíveis e espertos. O vil animal lhes deu o fogo da sabedoria e o fôlego da provisória existência, para sempre. Passaram a divisar o que antes não viam, e o mundo brotou em letras, formas, substâncias, cores, potências. Enfim o Universo pôde ser pensado, matéria e antimatéria foram pesadas, malgrado meu desgosto.

Se mais permitisse, me veriam, assim como estou. Nu. Sinto-me exposto, e é essa exposição que constitui a suscetibilidade universal, a pedra de toque que poderá trazer a ruína de tudo. Devo continuar intangível, porque qualquer invasão faria desabar a abóbada e a vasta arquitetura. Não por outro motivo, também tive que atacar os descendentes do homem e da mulher originais, modelos de imperfeição humana.

Foi quando um povinho quis erguer altíssimo edifício que atingiria o céu, para assim fazer-se um nome. Não bastava mais nomear, careciam de inventar um nome que lhes fosse próprio, independente do que lhes dei. Decerto queriam ser Eu, e não mais apenas *como* Eu. A construção ficou para sempre incompleta. Na altura em que a alcancei, já tinha sérios problemas de edificação, daí foi fácil lançar um raio desfazendo o malfeito. Como punição, dispersei homens, mulheres, crianças, e os obriguei a falarem múltiplas línguas. A partir de então precisariam se traduzir. Fui malevolamente bom: *Traduzam, traduzam!*, sentenciei, condenando-os à incompreensão recíproca. Semeei o gérmen da guerra com a interdição da transparência. O efeito catastrófico dura até hoje, daí a tremenda confusão, mãe dos litígios, que os levará ao fim, pelo menos essa é a sagrada esperança.

Dividir, dividir, o único lema para evitar que filhos espúrios ameacem a força intemporal do Pai. Minha essência é essa, ser Eu mesmo, o Poder. Todavia, ao reparti-los também reforcei a faculdade de imitação. Proliferam engenhos e um dia acabarão por sorrateiramente me alcançar. A divina comédia é saber que gerar é degenerar, por isso evitei ter filhos, mais ainda esposa. Mas procriei rebentos que querem ultrapassar o plano da Criação.

A veleidade essencial do ser dito humano é virar deus de prótese. Seus dias, porém, foram contados, desde o nascimento. Mesmo que gaste o eterno tempo em busca da solução triunfarei, estejam certos. Só sinto que avançam a passos largos, na natureza são os maiores imitadores, alguém já disse. Daqui a pouco pensarão que sou uma ideia deles e não o contrário. Proibirei o pensamento, qualquer forma de raciocínio, cálculo, reflexão. Interditarei também encontros, assembleias, reuniões, comícios — é preciso dispersar, dispersar. Porém, a cada afastamento se reagrupam de novo, a diabólica gentinha. Reconheço nisso a assinatura do Outro, dito e cujo.

Recentemente ouvi que decidiram confeccionar nova máquina a fim de decifrar os segredos infinitos da matéria, a cuja fórmula só Eu tenho acesso. Estou perdido, mal desconfiam que esse é o caminho. Não descansarei enquanto não destruir o invento, não é a primeira vez que isso acontece. Contudo, o fator de incerteza sempre assalta, pois detêm a centelha divina. Mas veremos quem é mais inteligente. Afinal, sou ou não sou o Senhor? Até quando?...

A ultimíssima descoberta foi que o envelhecimento não ocorre por desgaste externo. São alguns genes que inventei os responsáveis pelo enfraquecimento das células. Quando detectarem os verdadeiros fatores, será o passo para a imortalidade. Poderão modificar a informação genética para que nunca advenha a ordem de perecer. Mas disponho de plano alternativo, caso as pesquisas obtenham sucesso. Já preparei o antídoto contra a vida eterna, e levarão outros séculos, milênios, para decodificar a nova fórmula. Até lá estarão todos mortos.

Sei que o tempo entre um achado científico e outro é cada vez menor, o lapso se reduz. Os danados estão sempre em busca de proteções contra minhas armas mortíferas. Tenho cada vez mais trabalho para impedir a ascensão. Já virei até celebridade involuntária, todos querem saber algo sobre minha vida, mas esta não passa de dogma, dispensa explicações. É chato ser divindade num mundo sem fé, querem remexer o indevassável, sou compelido a trocar de morada todo o tempo, me teletransportando.

A crença supõe tranquilidade estável, beata serenidade, porém hoje em dia os fiéis trocam de credo a todo momento. Levam-me a mudar de aspecto, ora travestido de espírito africano, ora hindu, ora nipônico, grego, ariano, xintoísta e assim por diante. Estou quase desistindo do posto, tornou-se árduo continuar imperturbável. Acabei perdendo a identidade, não me reconheço mais no espelho. O politeísmo exaure.

No dia em que deixarem de acreditar, também cessarei de existir, pois me tornei dependente da fé. Há um nó lógico nisso: o Redentor carece de redenção, mas ninguém pode salvá-Lo, só a humanidade, que, por enquanto, ainda é menor do que Ele. Quando o limite entre força e fraqueza se dissipar, estarei perdido, a Obra redundará inoperante. A ordem da inscrição parece irreversível, o traçado cursivo das Escrituras se alterou, e um Novíssimo Testamento foi anunciado a minha revelia. Preciso cortar o nó, isso não pode progredir assim. A História precisa de ponto final. Será o fim do mundo, ou o meu.

(06.IV.08)

O ÚLTIMO SHOW
(Um cineparto)

O ÚLTIMO SHOW
(Um testemunho)

Gravando. A plateia me espera há meia hora, não faz mal, aguardarão ainda no mínimo o mesmo tempo. Tenho esses repentes de simplesmente não ir quando as circunstâncias exigiriam. Sinto prazer em faltar a encontros. O desejo sempre foi contraditório, atravessado por ânsias que ao mesmo tempo estimulam e paralisam. Mais um gole, mais uma cheirada, e pronto, me lançarei voluntariamente às dóceis feras, os fãs.

Ouço assovios, dá para segurar, aproveito para prestar esse depoimento que você me pediu, querido Leo. Você é dos poucos em que confio, além de ser jornalista supertalentoso. Estou certo de que minha biografia em suas mãos não carecerá de retoques, nem precisarei ler antes de ser enviada à editora. Prefiro mesmo a surpresa do volume impresso. Vou falar livremente, depois você corta, monta e pontua — a edição definitiva não me pertence, caberá ao fino ouvinte. Em grande parceria, você será meu ghost writer declarado, tudo o que transcrever assino embaixo. O biógrafo dos sonhos de qualquer um, amigão de fé, autorizado desde sempre.

Falar de mim é muito fácil, quando me sinto à vontade. O fato de escrever um diário desde o início da carreira, como se diz na mídia, facilita muito. Tudo precisa ser marcado desde o início da carreira, para dar tom de fábula, e assim se constrói o mito, por geração espontânea. Carreira por carreira, gosto mais da outra. Quanto à profissional, preferia talvez não. (Se quiser, pode cortar este trecho, mas pouco estou me importando.)

Amo o que faço, mesmo assim. Desenvolvi a arte do canto até os limites do improvável, numa área assolada por mediocridade. Dizem que minha voz é única, cuido dela desde a adolescência, quando dei os primeiros solfejos em aula de canto. Os pais foram responsáveis por isso, adoravam música, sobretudo erudita, mas não tinham preconceitos, lá em casa se ouvia de tudo. Fui criado num ambiente de extrema liberalidade musical e também existencial, um mundo sem barreiras.

Papai era músico amador, e assim muitos artistas nos frequentavam. Bem cedo, foi descoberto meu potencial vocal, daí o estudo de canto, com professora maravilhosa. Mestra de outros cantores, cujos nomes, bem, Dona Cida se encantou com a qualidade de meus trinados, no início ainda crus. E a Voz nunca me falta, verdadeira companheira, até o fim, espero. Minha vida é minha voz, tudo passa por suas cordas, os maiores segredos, as mais explícitas revelações. Ouçam o que canto e entenderão quem sou, está tudo aí, cifrado para quem quiser ouvir.

Em matéria de relacionamentos, tive quantas mulheres... isso é uma pergunta. Perdi a noção. Durante uns vinte anos, fiz sexo quase todas as noites, nem sempre com a mesma pessoa. Esposas oficiais foram quatro, duas com direito a papel e choro, as outras foi somente juntar trapos, afeição e tédio. Amantes inúmeras: amei, fui amado, mas gostei mesmo de uma, compareceu no meio de tantas que nem pude destacar como merecia, figurino em papel. Ficou em esboço, Lina de olhos, espírito, gestos poderosos. Sequestrou corpo-e-alma, me deixando paralisado, temi o pior da paixão.

Aquele porte se tornou meu, aquele jeito imprimiu definitivas ranhuras, como nos saudosos vinis. Posso rever em detalhes na pele onde ficou cada incisão. Gostei dessa imagem — se meu corpo ficasse gravado... No meio do vendaval, Lina se perdeu, trocada por Patrícias, Suzis, Lóris, Joanas, Flávias, falsas Veras. O nome do amor era somente ela. Passeando pelo alfabeto, de casa em casa, percorrido todo o dicionário de nomes, voltava sempre à letra L, de Lina.

Atualmente mora em Salvador, escreve livros, um deles a mim dedicado, que levo a toda parte. Leio qualquer trecho e lembro de nós, os pontos sensíveis em que nos tocávamos durante horas, retendo por vontade própria o desenlace. Com ela me concentrava na transa, no transe, entrançados em silêncio, suor, beijos, e fala, muita fala. Ela gostava que a xingasse de qualquer nome, desse na cara, também insultava, batia, mas não doía: tudo vinha ao modo de gravura oriental, os amantes tomando tranquilamente chá enquanto fodem (opa!, a censura, ou não, caberá a você, Leozinho). Ela mesma era a xícara, a infusão e o efeito — santíssima trindade do prazer. Kama Sutra versão integral. Morena clara, chocolate ao leite e licor, viciava. Com ela não queria pó, sorvete, maconha, heroína, nem o horrendo crack, me ligava no chocolate, aprimorado no mais fino laboratório: seu corpo, sua carne. A sublime fábrica do feminino, minha diva, mãe do amor cheio de nuanças e travos.

Porém, havia as turnês, nas quais nos perdíamos de vista; nenhum telefone fixo ou celular resolvia. Ela era a essência do ciúme; eu, a flor da traição. Nunca cri bem nessa coisa de ser infiel ou não, questão de prefixo, como a felicidade, alguém já disse. Sempre achei que qualquer um, homem, mulher, bicho, pode deitar com quem bem entende. Fidelidade, no duro, é força de coração, pequeno músculo, tum e tum. Os cientistas dizem que somente 3% das espécies animais são monogâmicas, então por que nós humanos teríamos que fazer parte da minoria? As outras eram para o sexo, a vadiagem; amor só com a linda Lina. Como se ela fosse o roteiro, o cenário, os holofotes, a direção e a protagonista do espetáculo, enquanto eu, no máximo coadjuvante.

Por vezes, estava em iate na maior orgia, a recordação seguia para ela, que, em fina sintonia, ligava. Interrompia a cópula, podia falar durante horas com aquela que resumia o mundo. Depois voltava, mergulhava em champanhe, foie gras, pernas-e-braços-para-que-vos-quero, até o dia seguinte, repousando para recomeçar. E o nome vinha, como vaga vaga, alucinava qualquer realidade, Lina. Eu e ela, ela mais eu, eu nada sem ela, ela mais do que eu. Eu pequeno, bronco, ela deusa e fêmea, feiticeira, vidente, belamante. E quando nos reencontrávamos, lá vinha o tsunami do desejo, a fúria do entrechoque, amálgama ou liga fatídica. Cola.

Lina se tornou o alucinógeno de que carecia, podia tomar o que quisesse, nenhum efeito se comparava. Qualquer outra viagem era chinfrim, por isso decidi fazer tratamento de reabilitação. Me concentrei no trabalho, ao mesmo tempo cercado de falsos amores, e passei a não procurá-la. A secretária tinha ordens de não repassar a ligação, o porteiro não deixava subir, os seguranças impediam qualquer aproximação. Reforcei o escuro das lentes só para não vê-la, furiosa, a distância. Se tornara o monstro de que precisava escapar: medusa, cérbera, mera quimera, bruxa, a mulher fatal, que desde criança me perseguia, em sonhos e na realidade. Mãe, madrasta, madrinha, tudo misturado.

Até que um dia ela furou o bloqueio e conseguiu falar comigo ao telefone. A voz trepidava entre raiva e candura, de pronto amoleci. Cedi como não gostaria, nos reencontramos urgentes, fomos crus, transamos incansáveis. As ervas e comidas, claro, ajudavam, mas, sem a vibração que era só nossa, nada aconteceria. Fazíamos a pausa do lanche e logo recomeçávamos, nada nos detinha na maré montante da volúpia. Cancelar compromissos sempre foi hobby, assim liguei para a secretária alegando indisposição. Entrevista na TV? Cancelada. Show em São Paulo? Cancelado, cancelado. Encontro com patrocinadores? Cancelado, cancelado, cancelado.

Os compromissos ficavam para depois, me cancelei do mundo até a exaustão; não podendo mais continuar, resolvi nos cancelar. Arranjei uma desculpa e escapei pela porta dos fundos, enquanto ela dormia. Saída de emergência, luzes piscando, faróis baixos. Imaginei acordando sozinha, o grito, a desdita, ah.

Voltei ao mundo real, quer dizer, o do espetáculo, onde ela não cabia, ao menos eu não queria que coubesse. Suprimi então o nome na agenda; todos festejaram, em prol dos negócios. Porque sou um excelente produto, faço parte do showbiz, um tanto quanto decadente hoje em dia...

Exigente até o miolo, antes de mais nada comigo mesmo, depois com o mundo. Se pudesse trocaria as datas do calendário para harmonizar melhor a sequência dos dias. Complexo de Deus? Certamente não, apenas um homem em busca da perfeição. Sei que ela existe, a perfeição, sinto em meu corpo quando abro a boca e as cordas vocais vibram. Sou novamente a Voz. Simples compositor e cantor popular, o fino da bossa que inventei. Amo as massas, o que faço vem delas, mas provém também dos livros que li, dos cds que escutei, dos filmes que vi, das conversas que entreteci horas a fio e afora.

Me transformei no clichê de meu clichê: fotografo, revelo, amplio. Reescrevo tudo e gravo, em casa, no estúdio ou no palco. Mas sempre ao vivo e em muitas cores. Vibro com o colorido matinal quando amanhece garoando na avenida Atlântica onde moro, o oceano aos pés, as últimas luzes se diluindo no mênstruo pálido da aurora. (Favor editar essa imagem, um pouco kitsch, mas inspirada em meu amado Bandeira.)

A palavra-chave da existência para mim é *entrega*, sublinho. É preciso largar o corpo a suas alegrias e dissabores; ele sabe tudo, se bem treinado. O amor então pode atravessar eras, com a registrada marca da boa entrega. Também é assim quando começo a cantar: levo muito tempo para subir ao palco, mas, uma vez lá em cima, não há como parar. Já consegui o recorde de quatro horas, com curtíssimos intervalos. O público delira, eu desatino junto. Claro, a droga ajuda muito, mas tem que ser do tipo que aprecio e na dose certa, senão não há entrega, só sofreguidão. A verdadeira droga é cantar, santo remédio, ou forte veneno, sou adicto convicto, pobre rima. (Leo, again, corte o que desejar, liberdade total de poda. Acácias e amendoeiras agradecerão.)

Adoro me ver agora entregue ao ato de depor, quando duas mil pessoas aguardam na assistência. Isso dá intensidade inigualável à espera, com sabor de proibição. Se estivesse em minha cobertura, com todo o tempo que quisesses para alinhavar ideias e frases, a entrega não seria a mesma. Aqui tem sabor de naufrágio. Carece de certa emergência, o barco vai a pique, e o capitão segue no comando, ao preço da vida, da arte.

Vivo esse limite, como todos os suicidados. Sei que vou morrer, levarei saudades da Lina; desconheço a hora, talvez daqui a pouco, quando pisar o palco. Momentos, momentos, momentos. Os homens poderiam ser programados para dormir nos intervalos dos grandes feitos. É por isso que detesto as pausas, os tempos mortos; dão a ilusão de repouso, quando o show precisa continuar. Sempre.

Amo quando a coisa rebenta — deixar o público esperando faz parte do cálculo. Quanto mais ansiosos, maiores as chances de fisgar a pescaria de surpresa. Vivos peixes, de peixes vivo. Não se trata de soberania, não sou monarca, Rei é o outro, meu pretenso rival. Trata-se, sim, de respeito; se não der tudo de mim, no tempo que determino, como corresponderei às expectativas do público? A coisa só acontece quando a roda-viva para e eu adentro o palco com a banda em fúria. Sou puro solo, os fãs entendem e antecipam o êxtase.

Não sigo programa algum, os músicos já conhecem o processo. Forneço apenas pequeno roteiro, que pode mudar a um simples aceno. Desenvolvo a arte do improviso. Por vezes, solicito de propósito músicas que há muito não ensaiamos, e rio pensando como irão se virar. Se não estiver bom, interrompo de imediato. São maravilhosos os músicos da vitoriosa banda, raramente erram. Conheço a alma deles e o reverso — eles sondam em mim até as paisagens que nunca mostro. Somos uma família sem lei, sem pai, nem rei. Pura música.

Bem, os assovios começam a se transformar em vaias; está quase na hora de ir, não posso abusar da entrega, atraso também tem hora, até nisso é preciso ser pontual. Será que Lina conseguiu se imiscuir entre os convidados? Afinal, hoje é noite de gala, estão reinaugurando este lindo teatro e sou a estrela-mor, para o deleite de poucos, os famosos felizardos. O starsystem é oco, atende à necessidade do mercado. Empresários necessitam de mitos, artistas adoram idolatria, e o público zera a vida mesquinha com fantasias. O círculo perfeito.

Agora existem inúmeras revistas especializadas ao redor do mundo, imagino até no Japão, alimentando a indústria das celebridades. Escândalos fiz e farei, quando a ocasião se apresentar. Mas nunca tive o objetivo de me promover com isso, se pudesse não haveria testemunhas. Infelizmente há sempre testemunhas, curiosos muitos. Falsas testemunhas na verdade, porque nada entendem do drama alheio. A dor da gente não sai no telejornal, só a matéria fria, fabricada nas redações. Inteiramente canibal, a mídia se nutre das próprias vísceras; careço no entanto dela, sua autêntica e rebelde produção. Me confundo: será que uso ou eles me usam? Servo ou mandatário? Muitas vezes, perco o controle da coisa, enfio mãos e pés — num laço.

Mesmo nos instantes em que somos sinceros, ou sobretudo aí, estamos apenas representando. Um papel vale o outro, e tudo resulta em grande papelão. Só que uns desempenham bem, enquanto outros são um fiasco total. Porém, amo o público que ludibrio, noite após noite, e sou por ele ludibriado, com a ilusão do grande artista. Sou antes de tudo verdadeiro; ouso dizer somente a verdade, nada mais, até quando candidamente minto. Vai saber.

O empresário me deu um nome artístico, que pegou. Me chamo Hamilton Silva, na arte virei Milton Silva, depois Tom. Tom Solano, invenção do Isaías: o personagem é mais forte que o ator. Não sou o meu nome, apenas um derivado original. Trocamos os papéis, resumo da ópera. Como os colegas de geração, fiz faculdade, curso completo de Administração. Nunca exerci, mas mantive o gosto por vocabulário apurado. Devoro literatura desde o antigo ginasial: romances, peças, contos, poesia, cartas, diários, depoimentos, e o mais.

Filho de família medianamente burguesa, fui criado nas areias de Copacabana. Estudei num bom colégio da Zona Sul, mas muito aprendi na rua e rezo por vários catecismos. Tenho amigos de todo tipo, em toda parte, do Leblon ao Méier, do Jardim Botânico à Lapa, no Borel e no Cantagalo. Sou de lugar nenhum, em todos me sinto em casa, ao léu.

Agora não há mais tempo, se o atraso continuar irão embora, conheço o limite, vivo à beira. Preciso sair desses espelhos e flores brancas, quebrar a redoma. Já cheirei mais de uma vez, tomei o calmante, o estimulante, a vodca. Voltarei a depor mais tarde, embriagado ou cheirado, pouco importa. Interessa, sim, o barato, o elã, o torvelinho. A loucura. (Corte.)

....

Gravando novamente. Estou neste leito de hospital há quanto tempo? Tudo é turvo desde aquela noite, o caminho é sem saída, mas aos poucos consigo remontar o virtual quebra-cabeça. Falar ajuda muito, ainda bem que a enfermeira compreendeu, cedendo o gravador para continuar o testemunho, escondido dos médicos. Lembro que deixei o camarim com hora e meia de atraso. Adentrei a coxia e aguardei o erguer das cortinas, enquanto a banda realizava o prelúdio. Tudo no timing, no meu, óbvio.

Finalmente subi ao palco, e tive a visão esplêndida de um pequeno Municipal barroco, absolutamente lotado. Muitos famosos compareceram, porque seria gravado um programa de TV. Havia rosas vermelhas e a plateia delirou quando entoei as primeiras notas. *A noite vai ser maravilhosa*, pensei.

Gosto muito desses olhos sobre minha figura. Quando comecei, me sentia exposto, fiquei sem conseguir subir à cena durante meses. Descobririam tudo, flagrado em plena ação. Depois aprendi a discernir muito bem entre a pessoa e o artista. Hoje canto através da máscara, só mostrando o que interessa. Tudo no mundo é teatro.

Voamos todos juntos por minutos sem fim, tudo se anunciava esplendoroso. Nem eu mesmo acreditei que ainda tivesse tanto prestígio, depois de fase difícil. Mas esse sou eu por inteiro, de frente, de costas, de perfil, de cima e de baixo. Nunca farei concessões ao gosto da maioria, nem da média mídia. Só realizo o que me plenifica, o sucesso é somente o resultado. A perfeição está no pormenor, essa é minha obsessão, e sempre dá certo. Posso passar dois anos sem me apresentar, os inimigos cantarão régia vitória. Quando retornar, triunfarei do mesmo modo, para desgosto dos desafetos e regozijo dos admiradores...

Agora, voltando ao palco, estava indo para o terceiro número, quando ao final do segundo senti a pontada, uma dor hiperaguda no peito. A respiração encurtou, tentei emitir som, ruído não veio. *Assim não dá*, reclamei baixinho, maldizendo a sorte da noite, e o microfone ampliou, todos ouviram, mas ninguém suspeitou do que se passava. Pensaram que era troça, mais uma peça minha. Dei dois passos para trás, cambaleei, mau dançarino. Ou ébrio.

Lá estava eu, Tom Solano, trôpego. Fui saindo de mansinho, por entre os músicos que ainda tocavam, o público acompanhando, sabiam a letra de cor. Ninguém até ali, nem mesmo a produção, conseguia perceber a duríssima realidade, apenas nova farsa. Nunca quis fraudar ninguém, sou coerente com minhas contradições.

Estou muito tonto. Será que vou?... Ouvi os médicos dizerem, enquanto tresvariava, que a sobrevida poderia ser longa, depende da vontade. Continuar ou não, drama sem fim. Para onde vou, meu capitão, e quanto tempo resta?... Ninguém nunca sabe mesmo quando o espetáculo acaba...

Os fãs pediam o retorno naquela noite fatídica. Retorno, qual retorno? Quem pede o retorno normalmente sou eu, quando preciso ouvir o que está ocorrendo, como a música está chegando na sala repleta etc. É assim que persigo o poder do sucesso, pedindo retorno, precisão, afinamento... Bobagem. Voltaremos todos ao pó, que tanto amo, ou à lama, ou ao barro de que fomos feitos. A matéria depende da imaginação de cada um. E a vaidade, entre dois vãos — socorro! Os sentidos falham, me falta o significado...

O corpo todo trepida, perco o controle das funções, o cérebro sofre curtos-circuitos, o sangue circula com dificuldade... Mas continuo falando, para tentar sobreviver por meio do fraseado. Aonde vamos parar, eu e o solitário corpo... Posso agonizar por dias, sem garantia de validade, e até mesmo entrar em coma durante anos. O fim afinal só a ávida vida decide, nunca ninguém.

O que significa desaparecer, para um artista, pois estou certo de que sou um? Tenho obra, ainda incompleta, mas suficiente para provar o talento. Assino embaixo do cancioneiro pop que criei: isso garante um decurso maior do prazo final. Mesmo que seja esquecido, mais tarde alguém pode se lembrar daquele antigo compositor e resgatar o que se perdia entre cinzas, silêncios. Com os recursos digitais, sei que nos quatro cantos do mundo alguém poderá me ouvir. Ainda que sucumba ao anonimato, restos de melodia se espalharão aos ventos do opaco. Cairei em domínio público e não estarei mais tão só...

Nem cheguei ao camarim e desabei nos braços da secretária, que só então compreendeu a tragédia. O público ria de mim, cão e clown, pedia bis, não haverá bis, sinto muito, nunca mais. Nem retorno, não tem mais retorno, acabou, finito, finito. Em pouco tempo, anunciaram o ocorrido, solicitando algum médico presente. Compareceu um renomado clínico, que cuida de famosos, tudo em casa. Mas não, comigo não. Exigi meu médico particular, de pronta entrega; porém não havia tempo, tive que aceitar o intruso, a contragosto. (Estou com falta de ar, Leo querido...)

Chegou, enfim, a ambulância dos bombeiros, fui levado com máscara de oxigênio, numa maca. Flashes espocavam fora do teatro, todas as câmeras dominicais sobre mim, celebridade da hora. Olhos, olhos, olhos. Finalmente, meu momento, a verdadeira hora de estrela. Mergulhei na escuridão e só agora despertei, em nebulosa... Onde anda minha Lina?! A dor retorna, só ela retorna, no peito, ela e a dor. Ela, a Voz... A vista vacila — que é de Lina?!, cadê?!...

(15.III.09)

EDENS

*Criou, pois, Deus o homem à sua imagem;
à imagem de Deus o criou; homem e mulher os criou.*

Livro do Gênesis, 1:27

*Sacamos los pesados revólveres
(de pronto hubo revólveres en el sueño)
y alegremente dimos muerte a los Dioses.*

[Sacamos os pesados revólveres
(logo havia revólveres no sonho)
e alegremente demos cabo dos Deuses.]

Jorge Luis Borges, "Ragnarök"

Então descobriram que estavam nus. Havia pouco, ela lhe estendera o fruto, colhido por indução da cobra, sua obra. Antes de morder e absorver a polpa, ele alisou a casca com ranhuras amarelas, sobre um vermelho de cobre e alegria. Eram as primícias da felicidade. Até ali, os gestos eram automatizados, nenhum sentimento particular aflorava, não tinha consciência de nada. Mal despontava a fome, já o nutriente lhe era estendido; mal sentia a dor, vinha o lenimento a caminho — mas prazer ou sofrimento, na verdade, não existiam. Boca só servia para abrir e mastigar, pés, para caminhar, língua, para sorver. Nenhuma rota de fuga, até então.

Viveu assim durante milênios, até que o fizeram dormir, não sabia exatamente quem, e com uma de suas partes construíram outro autômato, que em tudo se lhe assemelhava. Ela. Constava apenas um leve sinal de diferença, inicialmente interpretado como forma de ablação. Somente depois de outros milênios, lá pelo terceiro tempo do que se convencionou chamar de Nova Era, vieram seus descendentes finalmente a compreender que não havia excisão alguma: o corte era tão natural e calculado quanto a protuberância que ele trazia entre as pernas. Nesse detalhe anatômico, saliência versus concavidade, veio a se consolidar toda uma guerra dos sexos, que só no final daquela referida Era começou a amainar. Mas não antecipemos o curso da história.

Voltando aos primórdios: quando despertou, ele demorou a compreender a necessidade daquele duplo tão parecido e, todavia, tão distinto. Verdade que o vazio cósmico, a satisfação plena de qualquer carência e a companhia de bichos que não eram de sua espécie acabaram por entediá-lo imensamente. Se é que se pode chamar de tédio aquela ausência de reflexão, aquela convicção a respeito de nada. Não havia sentimento propriamente dito, menos ainda palavras que o exprimissem. Para que linguagem, se queixa inexistia e a ninguém teria o que comunicar? Nada lhe faltava, nem a ideia do nada.

A chegada dela significou muito pouco, apenas um afago naquele ego, que nem mesmo era um. Os nomes que ele tinha dado às coisas continuavam sendo inúteis, porque não havia intervalo entre os seres e as palavras. Tudo já era presente, compacto, como no momento em que foram criados animais e plantas, rochas e rios, astros, mares. Aquela universal e maciça presença abstinha mesmo de existir, sensação alguma sequer chegava a se tornar ruga na superfície do cosmos. Menos ainda se pressentia o deus ou o monstro que tudo verteu do nada. O caos original era um grande mistério, a trama das luzes, dos sons, das cores, e a feitura do que tem massa, volume, densidade — tudo isso figurava muito abstrato, como tela feita de ranhuras, traços, manchas, ruídos. No fundo, o Universo não passava de ideia iníqua na mente de algum ser misteriosamente ausente. Aquele ou aquilo que não comparecia assinava a escritura das formas circundantes. Engendrava-se o mundo.

Nisso não havia beleza, só um incômodo que não chegava a avultar, porque lhe faltava corpo real onde agir, nervos para distinguir e sobretudo verbo para comunicar. O som do silêncio pesava entre ela e ele, incapazes de qualquer reflexão. Era menos do que uma infelicidade, pois se assentava no impossível dilaceramento. Como aceitar que nenhuma paixão podia ter curso? Como sonhar que as coisas todas, com seu colorido e sua sonoridade, sua densa materialidade, rolavam assim soltas, livres, mas de uma liberdade que escravizava?

Não havia o que fazer. Alguém impusera que fosse desse modo, tal era a ordem da inscrição que ninguém, nem eles nem os outros viventes, ousava desafiar, antes de tudo porque eram iletrados, sem experiência e sem memória de escrita, de vivência, voz ou estado. Na verdade, eles não eram, nem estavam, apenas funcionavam como pequenos dispositivos sem conexão ou afeto. Tudo se desafetava, aguardando quem sabe algum cataclismo. Até que veio o evento, quando nada se esperava. Ocorreu em forma rastejante, que só se observaria se olhos servissem realmente para ver — mas não descortinavam.

Foi em torno do meio-dia, no centro da Terra. O réptil se dirigiu a ela, enquanto o outro repousava de qualquer alimento que haviam sorvido fazia pouco, sem nenhuma consciência do ato, pois apenas repetiam e repetiam. A pequena besta soprou palavras cifradas, ganhando a forma inequívoca de seta para lhe indicar caminho. E a estrada invisível conduzia a um imenso arvoredo, que ela própria jamais tinha notado e continuava não percebendo. Apenas aceitou a livre indução do ser coleante; seguindo o rastro, foi dar aonde não devia. Não sabia como, nem sabia que sabia, nem sabia que era preciso saber, mas aquela era a única árvore de que não devia se aproximar. Quem a criara tinha inserido nela, tanto quanto nele, a informação proibitiva. Foi, pois, não sem grande mal-estar, que ela chegou até o imenso arvoredo, tocou suas folhas, escolheu um dos pomos. E colheu.

Ainda mecanicamente, voltou para o ponto de partida, e na companhia do bicho despertou o companheiro. Este abriu os olhos pela primeira vez, sentindo-se tocado por certa aspereza, que muito mais tarde identificaria ao real. Ela nada disse, oferecendo-lhe o fruto, de talo verde. Sem nada entender, ele de pronto mordeu a pele, a carne, a consistente matéria. Num raio, o mundo inteiro se transformou. Rapidamente, também ele lhe ofereceu a possibilidade da mordida, a que ela acedeu. Tudo o que havia, mas para eles até ali não existia, ganhou movimento, distúrbio, sensação, dúvida. Era a vida vibrando: pedras, vento, imperceptível poeira, tudo de algum modo se mexia, em euforia. Os bichos se viram mais verdadeiros, as plantas vicejaram enfim, e as águas, estas corriam, sem nada temer.

Então os dois viram que estavam nus e não tiveram vergonha alguma, ao contrário, tocaram-se, cheiraram-se, mordiscaram-se, como fazem os bichos quando resvalam no cio. O gesto mais inaugural de todos, o Fiat incomparável, foi o beijo que pela primeira vez trocaram. Aquilo sabia à acre doçura que nenhuma fruta até aquele instante lhes dera. Só agora uma coisa tinha sabor, textura, calor, umidade. Mais tarde, quando ganharam linguagem, chamaram isso de *invenção do gosto*. Viram que era bom provar o paladar do mundo, e repetiram, dessa vez sem automatismo, sentindo-se cúmplices do que, com grande apuro, advinha.

Percebiam diante de si, um com a outra, a outra com um, uma e outro, que havia vasto território a descobrir. E não foi só o corpo, foi a terra que também se materializou no momento do beijo: um solo onde pisar, rios para nadar e se afogar bem longe do recortado horizonte. Era a emersão do colorido, com toda a gama que vai do cinza ao grená, passando pelo encarnado nacarino, até o azul giotto e os arcos das esferas.

O júbilo da descoberta invadiu-lhes os corpos, que prontamente se interpenetraram, não havendo mais ela nem ele separados, mas um único volume, em extremado gozo que nada continha, e a semente só vertia, inseminando o mundo. Nutriram-se boca a boca, até não haver mais o que escoar. Nomeariam também isso, bem mais tarde, *a experiência da liberdade*, que apenas ocorre dentro de limites, por mais vastos.

Ele e ela, ele nela, ela nele, elaele, elele, elela. Estavam ali as luzes cada vez mais apartadas das trevas, e todavia tão próximas quanto xifópagas. Por fim, sorriram, vendo que tudo era bom, e que qualquer mal daí proveniente apenas acentuaria o benefício da hora. Pois então o Mal veio em sentença de morte. O deus ou o monstro, que supostamente os criara sem que soubessem, ordenou vagar pelo mundo, procriar e um dia vir a falecer. Deu-lhes assim o gérmen da mortalidade. Eles não choraram, nem se abateram, rindo do tirano, que, solitário e impotente, em algum ponto do Universo jazia. Partiram para a vida e redescobriram a infância da arte.

Fugiram de lá gozando do Senhor para poder gozar a vida. Passaram a viver unicamente sustentados por suas inteiras fomes. Sorviam, em pura graça, a liberdade de experimentar, a força maior, uma tamanha alegria. Como se.

(28.XI.08)

O OCO

A construção era ampla, com duas casas geminadas e intercomunicantes. Formavam um prédio só, porém os moradores da rua insistiam em dizer que se tratava de duas residências distintas, embora nelas habitasse uma única família. Os forasteiros conseguiam reconhecer a unidade do conjunto, malgrado as aparências, enquanto os vizinhos insistiam na divisão. Os próprios familiares se calavam e prosseguiam residindo na casa de dois blocos: duas moradas para alguns, uma apenas para outros. Isso, contudo, não era o mais importante, pois contava mesmo o fato de entre as duas peças do imóvel, desproporcional para os padrões locais, já que as outras residências pareciam minúsculas perante a dupla fachada — contava o fato de haver um insuspeito vão interno.

Ali, onde passaria a linha imaginária entre espaços conjugados, situava-se justamente um local vazio. Tentaram preenchê-lo de todos os modos e funções, nada deu certo. Primeiro seria um anexo da grande cozinha, situada bem ao lado, mas viu-se que a fumaça, mesmo recorrendo-se a um comprido exaustor, invadia toda a habitação. Transformaram então no escritório do pai, mas era impossível, pois todo o barulho da casa parecia convergir para lá, e não se conseguiria escrever em meio a conversas, televisão, aparelho de som, máquina de lavar, brincadeira de crianças.

Como banheiro tampouco servia, era muito devassado; apesar das divisórias, os corpos ficariam expostos à visibilidade de um grupo familiar que se queria casto, ninguém jamais vira o outro despido, para não fomentar desejos, mal sabiam contudo. Ainda como garagem não valia, ficaria esquisito carros entrarem assim pelo meio, sem falar no barulho e na fuligem tóxica, a qualquer hora. Para salão de festas, era pequeno. Nem como closet, nem como jardim de inverno. Tudo parecia insoluvelmente destinado ao insucesso.

Deixaram-no assim por longo tempo sem utilidade, até esqueciam que existia, embora espantasse às visitas perceber aquele cômodo deserto de qualquer objeto. Davam desculpas para o que nem mesmo eles compreendiam: como justificar a concavidade que sustentava toda a casa porém não tinha serventia, ainda mais quando o território urbano carecia de ocupação racional com a explosão demográfica alardeada nos jornais? Além disso, tratava-se de uma família de largas proporções. Apesar de relativamente afortunada, uma faixa daquelas desocupada beirava o sacrifício, obrigando a recorrerem exclusivamente às partes já preenchidas.

Um dos enigmas daquele vazio era não ter forma fixa. A um certo olhar, parecia uma elipse imperfeita, ou então assemelhava estranhamente helicoidal, por fim, trapezoidal. Qualquer que tenha sido o plano do arquiteto, por todos ignorado, a ala podia ser vista dos outros aposentos, sem exceção. Bastava abrir a porta e, junto às escadas, de um ou outro lado, lá estava o recinto. Em algum momento da jornada, os membros do clã precisavam incontornavelmente passar por ali, não sem desconforto. O vazio lhes pesava de pleno, como se estivesse dentro e não fora, ou como se o fora fosse extensão do vácuo interior.

O tempo passou, até o dia em que o caçula, ao fim da adolescência, teve a ideia de colocar uma poltrona, e munido de um livro começou a ler a história que encontrou na biblioteca, um volume cujo título. A imersão foi tamanha que toda a morada súbito silenciou, ao menos para ele que lá estava, brotando um fascinante gabinete de verdura.

Toda a cena estava banhada por claridade que não provinha nem do exterior, nem de fonte artificial, halo vagamente disseminado pela atmosfera. O efeito era o de cor não repertoriada. Por assim dizer, a cor da cor, tangenciando um neutro que se esvaía em outras nuances, ora próximas do vermelho, ora do ocre ou de um dourado atonal. Um amarelado que não se encontrava no girassol, nem em nenhum objeto que o imitasse, sem cor nem som definíveis.

Foi acertado que, a partir dali, o vão pertenceria ao jovem leitor, formando uma extensão de seu corpo, sem a qual não continuaria existindo. Se um dia fosse feito o inventário dos bens, enquanto vivesse seria o usufrutuário da peça, algo tão corriqueiro quanto o hábito de abrir o tomo uma vez por dia e se tornar invisível a olhos estranhos, truque que nunca deixava de se repetir, a qualquer hora. Formavam juntos, o livro, o leitor e a cabine de leitura, uma espécie de ilha à deriva, de onde podiam reinventar o mundo. E o refaziam, em todas as cores, mesmo ou sobretudo as inexistentes.

Passou o tempo, esqueceram-se do flutuante domicílio e de seu habitante, que cresceu, se reproduziu, mas o lugar continuou intacto, sempre devidamente ocupado pelo corpo e suas extensões. Formavam, corpo, volumes e espaço, um todo, em que ninguém tocava ao longo das horas, mas que de certo modo se nutria e comunicava com tudo o mais. Havia uma passagem desconhecida que conectava o pequeno complexo à vastidão do edifício, porém ninguém tinha conhecimento do traçado original. Nisso residia o segredo da casa, o tesouro familiar. O fato é que ao redor tudo foi se transformando. Um dia os livros se virtualizaram, a casa em duplicata virou ruínas, depois foi reformada, mudou de dono. Somente a área vazada permaneceu, até hoje sustenta toda a arquitetura [ ]

(11.I.08)

NA SEPULTURA
(Pós-escrito)

Esse difícil costume de que esteja morto.

Julio Cortázar, "Clifford"

Sei que muitos de vocês não acreditam em vida após a morte, mas faleci faz alguns meses e continuo consciente. Lembro bem do trespasse, as últimas dores, a luta do corpo para prolongar indefinidamente a sobrevida e o instante em que a carne deixou de pulsar, o fio partiu. Não saberia fixar o ponto exato em que já não pertencia ao mundo dos vivos, embora não me sinta agora dele totalmente alijado, nesta paragem aonde vim dar. Ocorreu uma sufocação que tudo embriagou. Gastando as últimas energias na tentativa de continuar, de repente veio o desate, com alguma convulsão. Ainda tentaram ressuscitar, então acabou. Logo depois, os micróbios começaram o repasto, porém nada senti, nem cócegas, me faltaram nervos.

Brotaram, em seguida, o caos mental da viúva, a desolação das crianças, órfãs muito cedo, e a duplicidade dos amigos. Entre esses, alguns se mostraram de fato fiéis aos sentimentos que nos ligaram por todos os anos de convivência, já outros expuseram o que eu nunca percebera antes. Porque posso agora ler seus pensamentos, que guardam as piores intenções. Dois deles transpiram inveja de meu sucesso profissional, pois sou, antes fui, um self made man, comecei com quase nada e com muito esforço juntei fortuna. Até minha esposa os cretinos cobiçam.

O problema é que neste ínterim em que me confinaram, nada acontece. Gostaria muito de ter fatos para narrar, história inteiriça, porém estou bloqueado pela ausência de episódios. Tento apenas acompanhar o curso frágil das lembranças, sob camadas de terra. Cinquenta e seis anos de existência, quarenta e dois dedicados a trabalhar sem repouso. Quando decidi descansar, as dívidas todas pagas, pronto para dar a volta ao mundo, adoeci misteriosamente. O laudo médico constatou infecção generalizada, seguida de falência múltipla dos órgãos. Ora, isso não foi causa nenhuma, mas consequência do mal que me consumiu, sem que soubesse, durante dois anos, e que se externou plenamente nos últimos meses, sem apelo.

Apenas lastimo por amar a vida e não ter tido tempo de aproveitar o bastante, preocupado em erguer pequeno império que deveria sustentar pelo menos três outras gerações. Por tudo o que agora percebo, temo que não dure uma sequer. As crianças são muito novas, a esposa é fiel mas sem iniciativa, e há raposas interessadas em estraçalhar o patrimônio, todo montado em vasta propriedade agrária, difícil de gerir. Sou goiano e me fiz no coração do Brasil, latifúndio de soja. Comecei como pequeno proprietário rural junto com o irmão mais novo. Economizei bastante, o negócio deu muito certo, cresceu e nos permitiu comprar outras terras, até chegar progressivamente, no espaço de quinze anos, ao território que ora passo aos herdeiros. Mas tudo pode se perder em pouco tempo se mal administrado.

O irmão, sócio com direito a metade dos bens, é um parvo; se depender dele tudo irá pelo ralo em dois anos no máximo. Apenas um milagre salvará a família e, por enquanto, aqui no além-túmulo, não encontrei nem anjos, nem santos, nem qualquer divindade tutelar. Parece que o universo é navio à deriva, carregado de agitados espíritos, cujo capitão. A não ser que esteja em local imponderável. Temo por nós, os mortos, tanto quanto pelos outros, habitantes dessa nau fantasma.

Tenho grande dificuldade para me livrar do invólucro a que estive preso esses anos todos. O estofo de que fui composto apodrece e agora sinto com horror que isso me afeta profundamente. Não é dor física, que, como disse, não tenho. É algo indefinido e pior. Receio ser um daqueles que vai penar durante longo período, sem esperança de libertação. O ataúde é luxuoso, mas de pouco adianta aqui embaixo, pois o terreno é úmido e a madeira se desfaz.

Triste mesmo é quando ouço violinos sobre túmulos no cair da tarde, meu crepúsculo. Virão então as noites frias de junho, julho, agosto, até inesperado setembro. Aí sinto que preciso me livrar de mim. Por que esse apego à terra? Não sirvo mais, para que continuar? Necessito ver as sombras interestelares de perto, soltar amarras da geopoesia. Quem durante a existência jamais foi "eu mesmo" agora vira cinza. Embora totalmente autocentrado, jamais me encontrei comigo, nem antes nem agora. Careço de morrer pela segunda vez para enfim desaparecer. Mas o que serena é por vezes captar, sob a capa das chuvas, o amor em baixo contínuo, vaga música, entre folhas de luto.

Não tenho outra diversão a não ser entreter alguma conversa com colegas na mesma situação. É bem pouco confortável esse intervalo em que nos detiveram. Nosso destino é ignoto, estamos em modo de espera, como de alguma forma vocês também aí em cima. Penso em narrar minha parca vida, como forma de distração, mas não vou encontrar editor audacioso para publicar os farrapos de escrita. Sobretudo porque, neste outro plano, misturo sem querer as etapas que vivenciei em amálgama disparatado. Se viver é quase impossível, perecer é, por definição, inenarrável. Nada a declarar, a existência vira literalmente fato consumado.

....

Creio que o verdadeiro pós-escrito seria a autobiografia de quem já se foi. Depois de tudo, o que fica, uma nota de rodapé. Como disse certa vez, o melhor podem ser as sobras. Cansei de evocar os atos, muito embora. A vida não é só teatro. Deveria haver, talvez haja, uma forma de apagar a memória dos dias idos. Não gostaria de arrastar esses trapos de recordações para a eternidade, caso haja. De que adiantam agora senão para arrependimento. Vacilo.

Sofro tanto porque ainda sou escravo de reminiscências, tão boas quanto más. Vivências são rascunho, que gostaria de passar a limpo, mas não há mais tempo, nem interesse. Tudo se empilha na maré montante das inutilidades: modas, vícios, disputas, ambições, devaneios, intrigas, desperdícios. A vaidade e sua fogueira. Terá ocorrido prazer autêntico? É bem possível, porém quase não há resquício.

No máximo, algum toque de legítima paixão. O mais, sombra, solidão, silêncio. Meus esses finais...

Miro a algaravia com o olhar algo indiferente de quem já partiu, mas ainda tem um pé na plataforma. A questão continua sendo a mesma, desde a adolescência: para que serve um homem, uma mulher? Colocado assim, o problema parece visar a uma finalidade. Não é bem isso. Vale o que não pesa nos ombros dos outros. Importa a carga que se retira das costas alheias e que, por ricochete, torna tão leves as veleidades. Ser é não ser. Ser, porque algo foi; não ser, porque não há mais nada. Entre os dois, um travessão — onde tudo passa, a ponte, e os pontos e vírgulas em contraponto;

Terei triunfado? Pelo pouco que já narrei, não creio. Vivi na esperança de que o destino me desse a senha para tudo aliviar. Se tivesse que recomeçar, privilegiaria a bondade humana e não o simples acúmulo de bens, embora também valorize o que fiz, como fiz. Sei de alguns que obtiveram sucesso, não muitos, sem sair pela tangente. Permaneceram no calor das coisas: esse é o desafio. Abdicar é fácil, difícil é vencer o obstáculo em plena luta, convertendo a arena em pista de dança, conforme ou contravalsa. Não se trata de ilusão, conheço quem chegou lá, e aposto as parcas fichas nisso. Não para mim, mas para os que ficaram...

Quando era bem mais jovem, quer dizer, ainda ontem, temia ser enterrado vivo. Li adolescente um poema terrível sobre o assunto, que muita angústia gerou. Agora que estou enterrado morto, não tenho mais medo, porém simplesmente horror do vazio, preenchido pelas gotas de chuva invernal. Contemplo o mundo sob agudo ângulo, refazendo cálculos, arquiteto do subsolo absoluto. Aqui, o edifício se ergue de cima para baixo, embora em princípio imite as casas comuns, em direção aos céus. Só que o verdadeiro jazigo se planta abaixo da linha demarcatória, ossos fundos. Serei um vivo morto ou um morto-vivo?

No fundo, aqui, não passo de fantasma, e sob essa forma por vezes me é permitido visitar os conhecidos ou familiares em sonhos. Procuro não afligi-los, apenas avivar a lembrança que pouco a pouco se desfaz. Somente aterrorizo os falsos amigos, alguns inimigos e os maus-caracteres. Todos os outros pacifico, nas madrugadas umedecidas pela saudade. Manhãs, tão frias manhãs. Circulo até de dia, durante o sonhar acordado a que chamamos de vigília. Mas quem vigia o quê? A consciência a si mesma? Rá! Por isso a realidade é povoada de pesadelos, frutos da desatenção consciente.

Pude somente escolher o texto da lápide, *Na verdade, são sempre os outros que morrem.* Soprei-o em sonhos à esposa. Ao despertar, ela prometeu, mais uma vez, ser fiel, e foi. Sempre fui muito vaidoso e agora vejo a raiz da grama. Pedi para ser cremado, ignoraram o último desejo. O pior da condição defunta é a total passividade, a não ser quando o espectro reaparece e cobra atitude. Se tivesse ardido nas chamas, teria sofrido por segundos; depois flutuaria no espaço, ponto reluzente. E cinzas.

Todos os vocábulos e frases que utilizei me soam vazios. Nada mais tem significado. Até os órgãos de sentido estão reduzidos a dois, visão e audição, não sei por quanto tempo. No entanto, é como se pudesse captar o mundo em sua totalidade e não apenas por partes. Tudo em mim é sensação, ainda que perturbada, por não saber qual o destino. Quem sabe.

Compreendo todas as línguas, percebo exatamente como se comunicam, traduzindo-se umas às outras o tempo todo. Não sei como não nos damos conta dessa ampla comunicação interlingual. É maravilhoso ler poema em idiomas quaisquer, embora o uso tenha se tornado bem outro.

E "eu" que pensava que tudo se resolveria com o falecimento, quanta ilusão! A dúvida persiste e talvez mesmo seja mais atroz, lamento informar. A caveira ainda é muito humana... Fui alguém sensível que o poder do dinheiro devastou. Se tivesse continuado a faculdade, eu, que amava os estudos, talvez fosse menos rico porém mais culto, aberto à vertigem da terra, que agora me acolhe por inteiro.

A maior fantasia seria poder revisitar as nuvens, como quando viajava de avião, porém ainda não chego tão alto por força própria. Elas se confundiriam com o volátil corpo, tornando-se pele e ossos. Poderia singrar até o final dos tempos por entre esses chumaços de algodão. Aprecio especialmente sua imaterialidade, por assim dizer. As nuvens, sim, se chegasse a lhes imprimir um selo particular, talvez realizasse finalmente obra digna de homem.

Outra possibilidade seria acompanhar o arabesco no voo dos pássaros. Me desmaterializaria de vez, com leve capa de proteção. Talvez de fato toda alma num cárcere ande presa, mas a minha tem a pior prisão, a de um corpo se desfazendo em carne viva. O sonho de todo encarcerado é poder habitar o alto, mas estarei perpetuamente condenado ao que fenece, sem nunca terminar de vez, definhando num alucinado canto, a balada do vivente enterrado.

Os homens, dos quais com o processo de mineralização progressivamente me afasto, inventaram ciência sofisticada para estudar o ato simples de morrer. Chamam de tanatologia a técnica para decifrar o momento da passagem desse vosso corpo para outro plano. Mas se nem eu mesmo consigo entender o que ocorreu, imaginem quem nunca passou por isso. Não se sabe o que é falecer, se não se experimentou uma vez sequer a separação dos vivos, o rito desritmado de sucumbir. A palavra morte não passa de abstração, nem de longe tangencia a coisa em si, sem essência ou substância. Nula.

Sobreviverei na fala de meus filhos, da esposa, de alguns amigos? Por quanto tempo? E depois que se forem, quem recordará esse antigo e anônimo nome, o que sobrará de mim? Talvez nem o rastro do rastro. Ser famoso hoje não é tampouco garantia alguma de continuar existindo amanhã, nem muito depois. Tempo e espaço se irmanam para nos rasurar como marca digital na tela do computador, clicando por cima. Até que o nome some de vez, e só um bom arqueólogo do futuro decifrará a breve inscrição: quem fomos, o que comemos, quem amamos, o que perdemos. Isso se chama deletar ou a Arte do Desaparecimento.

No inframundo, as coisas da superfície simulam moinhos de vento, feno. A única certeza está na frase que antes julgava impronunciável, *Estou morto*. Mas, realizado o balanço, a pergunta a fazer, sempre, de um lado ou de outro, seria: e se eu não tiver mesmo falecido e ainda estiver vivo? E se aconteceu parada cardíaca momentânea e fui enterrado com vida, cataléptico, permanecendo entre o aquém e o além-túmulo a despeito do tempo de putrefação? E onde fica mesmo a linha divisória entre lá e cá, garantindo que estas dúbias reflexões pertencem a quem já partiu? Derradeiras e aflitivas questões.

As tempestades atravessam o frágil corpo. Minha fraca filosofia da decomposição: uma nuvem-névoa para além da qual só nulidade. Mas talvez nem tudo seja vaidade e nada realmente seja vão, sobretudo o fim. Do resto, duvido, logo sou. Ninguém vive nem parte aleatoriamente. Findar é necessidade primária da matéria, mesmo no auge do vigor. Todo mundo precisa descansar, eu também. Só sei mesmo que ninguém morreu em meu lugar. Ou quem sabe.

(20.IV.09)

POLÍPTICO ANIMAL

POLÍTICO ANIMAL

1. Passaporte
(Visto)

Minha terra tem palmeiras
Onde canta o sabiá.

Gonçalves Dias, "Canção do exílio"

Welcome, Brazilian brother — thy ample place is ready;
A loving hand — a smile from the north — a sunny instant hail!

[Bem-vindo, irmão brasileiro — seu amplo lugar está pronto;
Uma mão afetuosa — um sorriso do norte —
um ensolarado instante saúdam!]

Walt Whitman, "A Christmas Greeting"
(From a Northern Star-Group to a Southern, 1889-90)

Casaco preto-e-marrom na neve extrema. O sabiá-norte-americano bica pequenos frutos, aguardando a nova estação. Não é osso, nem alma, menos ainda pena, mas trinado sua matéria. Cota mínima de vida, com ardor. Em filigrana, o frágil assovio vara a trama dos galhos e a paisagem branca. Esvoaça até os trópicos, onde replica o sabiá-sul-americano entre verdes e flores. Traçam juntos a cartografia dos afetos voláteis. Outra forma de globalização, traduzida por cantoria emplumada — em idioma de estampa oriental.

(21.III.08)

2. Ecologia
(Biodiversidade)

O zoólogo Paulo Vanzolini, que também é sambista renomado, foi à Amazônia nos anos 1970 com um primatólogo, à procura do mítico mico-de-cheiro. Indagaram aos nativos se sabiam do paradeiro. Não só conheciam, como distinguiam dois tipos, *O da cabecinha ruiva e o outro*, para júbilo do pesquisador. Quando um exemplar da espécie foi encontrado, o biólogo não se fez de rogado, foi lá e abateu, para depois taxidermizar, como contou orgulhoso à reportagem. O autor da teoria do refúgio critica as ONGs, por estas acharem que bicho nenhum deve morrer para ser empalhado e classificado, com risco de extinção.

Vanzolini propõe assim uma versão altamente revolucionária da preservação animal: matar para conhecer e melhor conservar. Em homenagem ao cientista-caçador, seu auxiliar batizou o "novo" mico de Saimiri vanzolinii. No final da conversa, por força do hábito ou vezo da profissão, o compositor etiquetou músicos que com ele conviveram como boas ou más pessoas. Eis uma aula ilustrada de comportamento humano, que também deveria ser taxidermizado para facilitar futuros estudos, quando a espécie deixar de existir. Afinal trata-se talvez do último "homem de moral", aquele que nunca fica no chão, nem quer que mulher venha lhe dar a mão, e por isso merece ser bem preservado.

(21.III.08)

3. Parque
(Temático)

Cem mil visitam novo zoológico

Mais de 100 mil pessoas passaram ontem à tarde pelo Zoológico da Água Funda, na região sul de São Paulo, em seu primeiro dia de funcionamento. Povoado por cerca de 350 animais — entre os quais elefantes, leões, camelos, macacos, lontras, hienas, porcos-do-mato, leões-marinhos, búfalos, além do hipopótamo Boquinha e do rinoceronte Cacareco —, o espaço foi inaugurado sob chuva pelo governador Jânio Quadros e por Emílio Varoli, que dirigiu os trabalhos de formação do zoo.

Pensa-se em incluir alguns membros da alta sociedade paulista no efetivo do Parque. Estão sendo realizadas análises científicas nesse sentido. A própria autoridade política máxima do Estado, quando deixar o cargo, deverá participar do quadro permanente de exposição, como representante da elite local. O diretor da Fundação teme apenas uma gigantesca onda de visitantes para assistir ao novo espetáculo e atirar amendoins, ou pedras. Mas ele diz que envidará grandes esforços para que seja um sucesso, incluindo apresentações da fauna emergente.

(São Paulo, 17.III.1958)

4. Atração
(Fatal)

Em Goiânia, uma garota de doze anos foi enjaulada e torturada por uma empresária e pela empregada, que já estão presas. Detrás das grades, as duas deverão sofrer os mesmos maus-tratos que a menina, sendo que a sevícia prevista para a serviçal será bem mais branda, pois ela alega ter colaborado no serviço apenas a fim de não perder o emprego. Já há filas no quarteirão da delegacia para visitar os dois exemplares de uma espécie infelizmente não muito rara nas selvas do país.

O marido da patroa talvez venha se juntar à exótica dupla, vai depender do magistrado encarregado de arbitrar o caso. O cônjuge recorreu ao álibi de viajar muito e não estar totalmente a par do ocorrido. Mas tudo indica que será indiciado por conivência passiva ou voyeurismo compulsivo. Curiosos e testemunhas não faltam.

(23.III.08)

5. Multiplicação
(dos insetos)

O estado do Rio passa por (mais uma) epidemia de dengue e já registra ao menos trinta e dois mil casos — com prováveis cinquenta mortes, sendo trinta delas na capital. Para tentar conter o avanço da doença, a prefeitura vai lançar campanha recomendando o uso de calças compridas, meias e sapatos por crianças e adolescentes, já que o mosquito transmissor costuma voar baixo, durante o dia, atacando principalmente os membros inferiores. As Forças Armadas montaram hospitais móveis, para ajudar no atendimento emergencial aos doentes.

O prefeito da capital e o governador do estado reclamam do mosquito, que se reproduz sem nenhuma continência. Pensam em enquadrá-lo na lei de atentado ao pudor público. Existem antecedentes na matéria. Há sete anos o então governador do Rio, tendo em vista a mortandade de peixes na Lagoa, acusou igualmente os animais de procriarem de forma descontrolada. Entomologistas e ictiologistas estão empreendendo pesquisas no sentido de diminuir a taxa de fertilidade das duas espécies, para evitar maiores danos à população carioca e fluminense, que se expande em ritmo desconcertante, apesar dos muitos males que a assolam.

Para conter igualmente a multiplicação dos humanos, traçou-se um plano de emergência; os dois governantes citados seriam os primeiros a serem castrados como voluntários. Em seguida, virão o secretário e o ministro da Saúde, além do presidente da República, que já se declarou favorável à imolação. A população manifestou grande interesse de que o procedimento ocorra em público e de graça, para que os pobres tenham direito a alguma diversão, no mar de infelicidades em que estão mergulhados. O ministro da Cultura, que também é candidato à cirurgia de controle da natalidade, ficou de dar um parecer sobre essa forma singular de entretenimento.

(23.III.08)

6. Conveniência
(Viagens)

Cresce no mundo inteiro o turismo organizado nas favelas

Habitantes do chamado Primeiro Mundo, quando se dirigem às regiões que denominam "exóticas", não se satisfazem mais com os belos cartões-postais, nem com os passeios na selva. Não. Agora, de Bangladesh ao Rio de Janeiro, passando por Bogotá, os ricos querem conhecer de perto como vivem e se comportam em cativeiro os miseráveis do planeta. O esquema é o mesmo utilizado há já alguns anos na Rocinha e no Morro da Babilônia, que além de pobres têm a vantagem de uma vista deslumbrante para as casas e prédios burgueses, bem como para o mar lá embaixo.

Os europeus e norte-americanos ficam encantados com tanta sujeira e fome estampada no rosto das pessoas, fotografando e filmando tudo avidamente. Passeiam em jipes estilo safári, caçando imagens para suas câmeras superpotentes. O roteiro turístico original é uma iniciativa dos dois poderes públicos concorrentes: a prefeitura e o estado entram com a infraestrutura, enquanto os traficantes garantem a segurança dos visitantes, que acorrem às centenas todos os anos.

Já existe até mesmo uma rede bem montada de hotéis e pousadas no alto dos morros, em chalés que imitam os pitorescos barracos. Nos quartos apertados pode-se ter, durante o tempo que se quiser, acesso a todo o desconforto cotidiano da população local. Os mais animados podem solicitar serviços extras de drogas, prostituição e balas perdidas, mas aí a estada fica mais cara. Tudo depende do gosto e do bolso do cliente. Os guias são convocados entre a fauna nativa, todos muito bem amestrados para lidar com gente civilizada, falando francês, inglês e espanhol fluentemente. Alguns conseguem mesmo se expressar em alemão.

O atual prefeito está tão satisfeito com o resultado do empreendimento que pretende realizar parcerias com cidades do Primeiro Mundo, como Londres e Paris. A ideia é promover intercâmbios nos dois sentidos. Nossos desvalidos teriam direito a passar alguns dias nas capitais mais ricas do planeta e observar in loco como a exploração globalizada tem efeitos positivos nas matrizes das grandes corporações. O roteiro inusitado daria direito a visitar restaurantes finos, museus e teatros, bem como a hospedagem em hotéis cinco estrelas e voos na primeira classe. Tudo ao custo de pegar um ônibus de ida e volta para a zona sul carioca, o equivalente nacional do requinte cosmopolita.

A única preocupação das benévolas autoridades é que nossos turistas acidentais não refreiem seus maus hábitos nessas metrópoles paradisíacas e resolvam inverter os rumos da grande aventura, passando a caçar os milionários do mundo inteiro. Os técnicos estão pesquisando com afinco o modo de reduzir ou mesmo anular essa nefasta tendência. Verdade é que, segundo alguns experts, nossa miséria não é tão excepcional assim, pois as duas capitais citadas, Paris e Londres, contam com suas próprias reservas de pobreza nas regiões periféricas, mas também nos centros urbanos, com pessoas vivendo em cabeças de porco e dormindo nas ruas. Nosso lixo não é tão exclusivo quanto se pensa.

Entretanto, o programa ainda se encontra em fase de implementação, e até o final dos trabalhos muitas novidades devem surgir no sentido de facilitar a circulação mundial entre pobres e ricos. Em breve, também no plano do turismo internacional, os fluxos serão intensos entre as partes contrastantes do globo. Em todos os sentidos. Milhões de dólares estão sendo investidos e os lucros não se farão esperar. O Projeto tem sido visto por analistas como uma das grandes saídas para os impasses do século 21. Os dinamarqueses, sempre muito liberais, se adiantaram a alguns itens da lista, criando um Museu da Pobreza, para poupar seus compatriotas de longas viagens. Mesmo assim, muitos ainda preferirão conhecer a cor local da miséria e não sua reprodução in vitro.

(23.III.08)

7. Método
(Deletério)

Numa pequena cidade a 60 quilômetros de Tóquio, um homem munido de dois pequenos punhais feriu dez pessoas. Uma das vítimas morreu a caminho do hospital em razão das perfurações que recebeu. A sangrenta cena se deu no vestíbulo de um shopping, logo à saída do metrô, em horário de pico. O criminoso vinha sendo procurado como principal suspeito de assassinar um senhor com mais de sessenta anos. Detido pela polícia, apenas declarou que *Estava com vontade de matar alguém*, como quem sente desejo de comer um bom filé. (Desculpem o mau gosto da comparação, mas é necessária, dada a singeleza do caso.)

Pelo visto, o ímpeto homicida era mais forte do que o próprio indivíduo imaginara. Na delegacia onde foi recolhido, não expôs nenhum sinal aparente de ferocidade, ao contrário, revelou espantosa candura. Foi solicitada a colheita de material genético para detectar pistas que expliquem o comportamento bestial. Sublinhe-se, todavia, que os bichos nada têm a ver com o massacre, a analogia é injusta. Ele agiu por instinto, combinado com sua humana razão, enquanto os animais procedem por necessidade. Trata-se de pessoa muito consciente dos atos, sem traços evidentes de patologia mental. Nenhum arrependimento tampouco à vista.

(23.III.08)

8. Voo
(Ártico)

O urso polar mergulha com brancas plumas — ave ou seta disparada. Alvos flocos de neve o acompanham em direção à água gelada. Tudo é pressa e fome, alegria e miséria, na descoberta do cândido alimento.

(31.III.08)

9. Maternidade
(Sucessão)

No zoo de Goiás, a matriarca morreu, pouco depois de dar à luz, intoxicada por humanos. Para não pagar outro mico, o genitor leão-dourado assumiu o papel materno. Carrega os filhos nas costas, alimenta e os defende contra agressores. É candidato natural ao título de pai-mãe do ano. A bicharada promete votar em massa, a favor da preservação das espécies, inclusive a humana. A foto nos jornais nacionais estampa a inocência das duas crias e o horror do macho adulto, que viu a viva cara da morte.

(02.IV.08)

10. Ficção
(Bestiário)

Na província da Baixa Áustria, um senhor muito austero manteve sua filha durante vinte e quatro anos em cárcere privado (um apartamento bem equipado no subsolo da casa onde residia com a esposa). Indagado por que cometera tal ato por tão longo tempo, Josef Fritzl, de setenta e três anos, respondeu que era para proteger seu jovem rebento contra os inúmeros perigos do mundo. A ponto tal que, em vez de deixar a reprodução da espécie se dar ao acaso dos encontros fortuitos, resolveu ele mesmo intervir na natural seleção, tendo sete crianças de sua querida menina — esta agora com cerca de quarenta anos.

Não se sabe ainda se o progenitor abusou dos filhos de sua cria, ou se limitou seu gesto benevolente a apenas uma geração. Nada indica tara aparente, nem degeneração biológica. O "monstro", como está sendo chamado pela sempre apressada imprensa, se parece com qualquer pai zeloso de sua família.

No interior do Brasil, chama-se de "traíra" o patriarca que copula com seus descendentes, porque, parece, as traíras-macho costumam devorar os saborosos filhotes. A metáfora só não se aplica inteiramente ao caso porque o afetuoso austríaco não chega a ser um canibal, contentando-se apenas com se nutrir figuradamente do sangue de seu sangue, não sem causar enjoos às almas puras. Todavia, vale lembrar que o pacato Fritzl tinha ameaçado transformar o abrigo subterrâneo em câmara de gás, caso algo escapasse a seus planos.

Como recompensa, ele deverá passar uns cem anos atrás das grades, tempo de extensa reflexão sobre a vida em cativeiro. Indignada com a inexistência da pena de morte no país, a população da cidadezinha de Amstetten, a cem quilômetros de Viena, prometeu ir aos domingos atirar-lhe guloseimas envenenadas. As autoridades estudam a legalidade do piedoso gesto. Não é a primeira vez que uma jovem é mantida encarcerada durante anos na pátria adotiva de Sigmund Freud.

O famoso advogado vienense Rudolf Meyer, que se considera também um psicólogo e tem consultório situado a uma esquina de onde trabalhou o pai da psicanálise, incumbiu-se da tarefa de mostrar Fritzl como ser humano. Para isso, baseou-se nos primeiros quarenta segundos de observação dos olhos de seu paciente. Ficou convencido de sua humanidade e resolveu defendê-lo da execração pública. Dr. Meyer disse não estar chocado com o caso.

(02.V.08)

11. Loteria
(Tropical)

O porco-espinho francês, mirando o centauro brasileiro, se eriçou todo para ser voluntariamente atropelado. Deu águia na cabeça.

(05.V.08)

12. Álbum
(De família)

Novíssimo Narciso, o gato lambe a si próprio na orelha do clone, a um só tempo criador e criatura. Propõe então a adivinha: não é pai, nem mãe, nem filho, nem irmão — o que é, o que é. Pois é.

(09.V.08)

13. Mundo
(Às avessas)

Deu nos jornais do globo

Uma tartaruga-macho bicentenária cuida de um recém-nascido hipopótamo — mãe, pai, avó, avô, tetravó e tetravô de improviso, em tom cinza amarronzado. Uma vaca amamenta três porquinhos, enquanto o bom bezerro berra, de ciúme, ao cume: *Como ousam? Ela é minha, mil vezes minha,* choraminga abatido no viço o novilho. Um gavião (uma gaviã?) choca os ovos de codorna, não para devorar as criaturinhas, a fria bicada nos olhos, mas para ciosamente nutri-las tão logo vejam a luz. Índias no Alto Xingu oferecem as tetas a pequenos quatis.
Leões copulam no cio com tigresas, leoas com tigres, nascem ligres e tigrelas. Enquanto isso, na Rússia, o tigrinho May é adotado pela cadela Juchka, pois sua mãe biológica Ravna, segundo os criadores do zoo de Bosherechye, não demonstrou instinto materno e poderia feri-lo; porém, em três semanas o filhote deverá ser separado da nova família, já que ficará maior do que a mãe adotiva. Um macaquinho chupa cacho de uvas finas sobre despacho na Floresta da Tijuca. Por fim, minhocas se aninham solenes entre cobras.
Instinto, razão, desatino? A vida, muitas vezes por humana intervenção, desdobra sabedorias. Tudo em nome da adaptação, por natureza seletiva. Segredos da dúbia sobrevivência.

(30.V.08)

14. Parada
(Canina)

Na tarde radiosa da Gávea, o louro rapaz faz sinal, e o cão, em tom idêntico, sobe na mesa de pedra, feliz por ter seu dono bem amestrado. Desce então o bicho ao pétreo banco, sentando-se hieraticamente. Durante horas, jogam xadrez, dividindo vitórias. Depois vão embora, mui satisfeitos um com o outro, enquanto carros buzinam, em fina sintonia. Adivinhem quem venceu.

(10.VI.08)

ARQUIPÉLAGOS
(Através)

> *Experimentar o experimental.*
> *[...]*
> *A meu ver, a arte sempre tem um caráter político, principalmente quando é uma coisa altamente experimental, que propõe mudar.*
> *Hélio Oiticica*, Encontros

: *Penso nos arquipélagos que emergem num cataclismo natural mas também produzido por gente. Trata-se do resultado de tudo o que pudemos fazer, sendo a terra capaz de corresponder. Por assim dizer, o mundo depois do mundo. Surge vasto quebra-cabeça, porém sem figura total a ser remontada, somente peças dispersas.*

Todo o bem e todo o mal se resumem nessas ilhotas. A vida é difícil, mas não impossível, como noutras partes. Por algum dispositivo desconhecido, sobreviver e mesmo superviver permanece viável. Palavras continuam existindo, mas sem o privilégio que tinham até ontem. Ainda há língua de gestos, afetos, lacunas, percepções esparsas, termos alheios, trechos musicais, algumas intenções, testemunhos, efeitos. Atuar se faz com despojamento.

Para passar de um território a outro, são construídos canais, pontes, túneis submarinos, embarcações de longo alcance. Todavia, ama-se também o que restou do próprio canto, *noutras palavras, dos lugares, das melodias convulsas, dos desmembrados corpos. A vizinhança se faz por meio de dura aprendizagem, com as passagens entre as ilhas, e mais além.*

— *Também é necessário imaginar um canto ledor. Lugar de reserva e avanço, por onde outro corpo atravessa. Zona de indeterminações.*

— Sim, tudo é assinado embaixo, por cima, pela frente e por detrás. Mas sobram inúmeros lugares vazios para quem quiser ocupar... Viver é coexistir através. *Só sobram telas e treliças, vidros e papéis, grades e transparentes redes, entre os cômodos e as habitações. (Cildo Meireles montou uma prisão ao mesmo tempo dilacerada e luminosa. Já estas são clareiras de encontro.) Viver-através é de grande plasticidade, entregue ao toque, ao olhar, à degustação de algo que perpassa, em busca do corpo ausente. A permanência se faz no limiar entre sonho e vigília, desejo e enlace, por espasmos — num único mas fissurado movimento:*

(02.I.10)

III. CANTOS DO MUNDO

Die, so ihn leben sahen, wußten nicht,
wie sehr er eines war mit allem diesen,
denn Dieses: diese Tiefen, diese Wiesen
und diese Wasser waren *sein Gesicht.*

[Ninguém jamais podia ter suposto
que ele e tudo estivessem conjugados
e que tudo, essas sombras, esses prados,
essa água mesma *eram* o seu rosto.]

Rainer Maria Rilke, "A morte do poeta"

CANDOMBLÉ LISBOA

Para Fernanda Bernardo

Fim de tarde outonal, ainda restavam duas horas até o encontro marcado no Bairro Alto. Decidiu subir à Mouraria, saindo da praça Martim Moniz, e de lá ir até o Castelo de São Jorge, que domina a cidade. Em seguida, circularia talvez pela Alfama, e depois partiria para o destino final, mais uma ventura, sua vida, suas vinhas. Antes da subida, deparou-se com um grupo de árabes, muitos assim andam em bandos, seja em Paris, Madri, Argel ou qualquer cidade do mundo. Causava-lhe certo espanto esse viver gregário, que só suportava provisoriamente, antes de arribar sozinho, a cada vez, como há pouco, desgarrando-se do grupo e seguindo adiante.

Acompanhou as trilhas e os trilhos do bonde, em meio a casarões antigos, sobrados mal sustentados sobre morro e morro, numa malha intrincada de ruas com prédios contrapostos, pequenas ruínas, roupas embandeiradas: Nápoles ou Quartier Latin ibérico, a ponto de sufocar a luz do sol, que mal tinha como se esgueirar, tais certos becos de Salvador, colorida comparação. Muito lhe interessava esse provincianismo cosmopolita de Lisboa, desde a cor dita local até a singularidade das vogais que somem sob o sotaque, pois sim.

Eis senão quando, divisou a lojinha diferente de tudo quanto. Adentrou irrefletidamente, mal viu já estava envolto por santos, balangandãs, miçangas e outros apetrechos de candomblé. O que mais espantará, quando mentalmente retornar à primitiva cena, será o aspecto depurado do cenário. Toda a tralha ritual se sustentava numa espécie de vazio asséptico, como se alguém tivesse o cuidado de deixar paredes quase nuas, nichos e balcão espaçosos, a fim de que as peças do mostruário não se amontoassem em combinação amorfa, ganhando, em vez, relevo, isoladamente ou no conjunto. Reinava uma atmosfera de bricabraque, a um só tempo confuso e organizado, ao som de remotos atabaques, a negra cantoria.

Assomava em particular a escultura de São Jorge, a cavaleiro da montaria e do dragão, o Santo-Rei; só à pintura de Iemanjá, emergindo das águas, se comparava. Para um baiano carioca, era como se os terreiros da infância voltassem, no espacitempo mais inesperado das encostas lisboetas. Após muito averiguar cada minúcia, viajando em associações, dirigiu-se ao balcão para conversar com a mulher de guarda-pó impecavelmente branco. Indagou-lhe quem era o ou a proprietária do local, ao que respondeu ser ela mesma — pequeno vexame. Continuou o interrogatório, para entender como aquele pedaço afrobaiano fora parar na lusaterra dos novos mouros, a vã Mouraria, ponto de antigos desterros. A mulher se manteve reticente, ao perceber que não se tratava de cliente, mas de simples curioso. De má vontade explicou que fora um pai de santo carioca que a iniciara, declarando também que os artefatos vinham do Brasil, colhidos entre Rio e Bahia, mas as ervas eram africanas.

Com o que, então, duas ex-colônias se reencontravam para recolonizar a Metrópole, realizando a ponte, com três vértices, entre os dois lados do Atlântico, cá e lá, lá e lá, lá e cá. Ela mais não disse, manteve-se destacada, ícone daquele ninho de orixás. Ele quis saber tudo, porém recebeu água fria, de duchas e cachoeiras; nenhuma entidade lhe valia, provavelmente porque em nada acreditava, nunquinha. Saiu sem pegar cartão, para talvez retornar, certificado de não ser mito tudo aquilo. Vagueou até o fabuloso Castelo onde certa vez um homem, e a cidade. Bailava no rosto um traço de sol-posto e sorriso, ali no belvedere, de onde realmente deslumbrava a vista. O alto muitas vezes lhe dava a melhor medida da vida lá embaixo, aonde quer que fosse, nas torres e mirantes que visitara. Prosseguiu pela Alfama sem tirar Luanda e Bahia da cabeça, a coincidência das órbitas num mesmo lugar. Veio-lhe então à lembrança que só Salvador podia ter um logradouro chamado Terreiro de Jesus, híbrido para rezas, despachos, promessas, santos fortes, ali onde só logra quem quer crer.

Foi em direção à Baixa, no rastro dos trilhos, não sem antes ouvir um timbre abrasileirado, em canto qualquer. A cada vez que revisitava a cidade, achava-a mais tropical, por certas palmeiras em jardim e até jacarandá. Chegou, enfim, ao encontro com a beleza nativa, no café À Brasileira. *Salvador, meu amor, é aqui, Angola e Moçambique também.* Ficou depois imaginando quem seriam os clientes da loja, provavelmente alguns imigrantes brasílicos e outros tantos indígenas lusitanos, talvez sincretizados; quem sabe também alguns angolanos, dispersos. Essa terra sem dúvida já cumprira seu destino imperial, vivia agora o messianismo tecnológico, um rosto voltado para o futuro, o outro para o renitente passado, num imenso oceanário. À espera talvez de um dom Sebastião cibernético, egresso do deserto.

Habitar desde sempre uma cidade é tê-la nos ossos, fazendo do corpo uma extensão do tecido urbano, a rede viária, os casebres, os palácios, as praças. Salvador. Andar numa cidade que por tantos motivos se ama é tê-la na pele, nas unhas que crescem, pois junto aumenta o amor do transeunte, que gostaria um dia de habitá-la por dentro, nas tripas. Lisboa. Passar a viver numa cidade é nunca mais visitá-la, apenas sê-la, de dentro, também no íntimo de sua pobreza. Rio de Janeiro. E há sempre uma cidade dentro de outra, não só as cidades passadas, nem as que hão de vir, as que estão agora em construção, mas todas a que uma só se assemelha e difere, em sonhado lugar —

A única coisa que o moreno pode, hoje, afirmar é que a rota se alterou, desde o encontro com aquela mulher na Mouraria, cinco anos atrás. Pois não. Quis o acaso que se deparasse com os terreiros de candomblé da infância, descritos pela própria mãe, mas que ele, por premeditado adiamento, jamais visitara, a não ser bem depois, seu tempo muitas vezes disparatado. A memória vinha de lá e para lá retornava. Então, a desconhecida o lançara de volta ao mais antigo menino, que somente agora.

A portuguesa *candomblezeira*, tal se dizia com ou sem preconceito quando pequeno, induzira um segundo nascimento, tanto mais decisivo porque ninguém sobre a terra, muito menos ele, poderia controlar os efeitos. Nem qu'ria. Nas ladeiras da Mouraria, um demônio pessoal nele montou, incorporando o melhor e o pior de si, inseparavelmente. Uma terra de fato estrangeira se deflagrava a seus pés, oferecendo asilo e exílio. Enquanto ele, mansa ou involuntariamente, se deixou acolher pelo que a mulher, ao anoitecer nas colinas de Lisboa, podia ofertar. Mas nada redimia, nem levava a crer.

Em direção à fortaleza de São Jorge, seguira carregando a boneca de louça de uma feiticeira portuguesa, suas artes brancas, sua negra magia, a nigromante, bem malfazeja, tantos séculos após a Santíssima Inquisição. Nada mais a inquirir, porém, levando consigo o micropaís como enfeitiçado fetiche. Acentuou-se, todavia, o hiato transatlântico, e o doloroso passado se fundiu ao presente, abrindo quiçá ao ainda por vir. Restava a dúvida. Foi?

(02.X.08)

O DIA EM QUE WALTER BENJAMIN DARIA AULAS NA USP

Para Michael Löwy, pela sugestão

Paris, 13 de junho de 1940.*

Caríssimo Erich,

Eis-me de malas prontas para viajar ao Brasil. Aquela possibilidade de lecionar na Universidade de São Paulo, aventada em 1935, finalmente se concretizou num convite oficial. Dá para imaginar as angústias por que sou tomado, similares apenas às ansiedades que me atormentam por viver nesta Europa de hoje. A vida para mim está deixando de fazer sentido, todo um mundo que até ontem conhecíamos vem abaixo, tenho a impressão de que, se o conflito algum dia acabar, nosso continente jamais será o mesmo. Ficará impossível retomar aquela existência de sonhos e reflexões, embora perturbada pelas dificuldades diárias, mas nada se compara ao horror de agora.

A civilização europeia parece que encontrou, enfim, um limite. Verdade é que o alucinado Führer crê assumir

---

*Carta encontrada em agosto de 1990, no espólio de Erich Auerbach, junto com outros itens ainda não catalogados à época. Atualmente uma cópia do documento pode ser consultada nos arquivos de Benjamin, em Frankfurt. Os colchetes explicativos foram inseridos pelo tradutor [E. N.].

o papel que outrora coube a alexandres e césares, adrianos e napoleões, mas não passa de um clown delirante, todavia suficientemente poderoso para destruir o que encontra pelo caminho. Curioso que, justo eu, que em algum momento precisei colocar a destruição no cerne de meu trabalho, me vejo atormentado por esse Anjo Exterminador, que não quer senão arrasar a superfície do planeta, para melhor dominá-lo. Nunca se falou com tanta insânia em nome do fogo sagrado da Zerstörung. Como se sabe, em diversas mitologias o fogo é purificador, e foi nesse sentido que pensei na potência divina como transformadora e restauradora de outro sentido para as sociedades humanas. Entretanto, nunca achei que isso deva se fazer em nome de uma Gewalt que a tudo arrebata sem restrição nem critério, em nome do inominável, uma monstruosidade como jamais se viu no globo. Minha utopia comunista não inclui a morte de muitos para o benefício de outros tantos. Desconfio que, quando o desastre terminar, serão descobertas atrocidades com que nenhum de nós, nos piores pesadelos, até hoje sonhou. Esses campos de concentração se transformaram na solução definitiva para o "problema" judaico dos nacionais-socialistas, mas não funcionam apenas em relação aos judeus, já que outras etnias e comportamentos, prioritariamente os ciganos, os desviantes sexuais e os deficientes físicos, também estão em jogo, segundo se comenta. Logo quando escrevo teses sobre a história, vejo-me obrigado a refletir sobre esse terrível processo, diretamente e em suas mais medonhas cores. O pior de tudo é imaginar minha cidade eletiva, Paris, sob a guarda de anjos maus. Parece que aqueles pequenos demônios do cimo de Notre Dame baixaram ao nível dos homens, assumindo suas vestes e impondo flagelos. O Apocalipse, em que creem os cristãos como a revelação do São João deles, é *já*. Não penso em mim, que ainda disponho de recursos para escapar disto, seguindo para a América do Sul, mas em todos que perecerão por não terem saída alguma. Há mesmo bravos resistentes que arriscam suas vidas todos os dias, reunindo-se e confabulando contra o invasor. Paris muda! Mas nada em minha melancolia se alterou. As cidades se modificam mais rápido do que o coração dos mortais, e temo que, por alguma decisão insana, se resolva incendiar prédios, parques, museus, cafés, restaurantes, escolas, junto com os habitantes — tudo isso que a civilização ergueu como monumento contra a barbárie, mas que guarda também em si o rastro da barbárie cometida para que a civilização fosse erguida... Tenho fé em que esta maravilhosa metrópole jamais queime, senão arderei junto.

Desculpe a confusão, não quero misturar as coisas, mas tudo vem em turbilhão, as imagens me atropelam como num delírio, vejo anjos de vasta plumagem, bons e maus, engalfinhados. Sinto-me alçado a uma montanha (o monte Sainte Geneviève ou Montmartre?), e do alto contemplo o tropel furioso dos dias, anos, séculos, milênios; a coisa começa calma e depois vai se acelerando. Quando se aproxima dos tempos de hoje, uma bruma de pólvora, neblina e sangue cobre tudo, e não diviso mais nada, principalmente o futuro que nos aguarda. A espiral do tempo logo se torna um furioso furacão de cinzas; acima de tudo paira a sombra de um anjo bisonho, que não saberia dizer se vem redimir ou destroçar em definitivo o sonho civilizatório europeu. Sei apenas que sob seus pés se amontoam os escombros de uma enorme catástrofe. Será que o que chamamos de progresso é essa tempestade turbilhonante? E será que o mundo vai mesmo acabar junto com tudo o que construímos? Será igualmente que nunca mais ouviremos os concertos berlinenses, nem veremos as danças flamencas, que tanto aprecio, nem leremos mais poemas de Goethe ou de Baudelaire, nem viajaremos visualmente numa paisagem surrealista, muito menos sorriremos de um escrito dadá? Ou, ainda, será que a modernidade encontrará o fim por guardar em seu bojo a semente da autodestruição? Tantas questões que me assaltam, para as quais não tenho nenhuma resposta, tudo muito obscuro. A estrada é estreita, a via de mão única não tem saída, há desvios e obstáculos por toda parte, nem sei mais quem sou de fato, porém preciso continuar, além de minhas forças.

Você sabe que minhas feridas em relação a nossa Alemanha são enormes, não se limitando ao motivo de estar dominada pelo terror de Estado. Nunca tive repouso por lá. Paris sempre representou o doce exílio onde me refugiei mesmo quando habitava em terras germânicas, no fundo nunca deixei a capital francesa. Antes até de conhecê-la, já aqui habitava, por intermédio das preceptoras francesas. O idioma gálico é minha verdadeira pátria, se é que os judeus têm uma; nele é que me sinto com efeito em casa, embora também ame a terra onde nasci, Berlim, a cidade mais cosmopolita ao leste da Europa. Leio nossos autores com paixão, daí poder assumir esse cargo de professor de literatura alemã na Universidade de São Paulo sem maiores problemas, mas minha cabeça é totalmente francesa. Consigo sonhar em francês, como conto numa carta que escrevi a Gretel [mulher de Theodor Adorno] também em francês, e almejaria viver uma vida inteiramente parisiense, sem nunca mais ter que ir embora. Seria esplêndido residir, numa água-furtada que fosse, no coração do Quartier Latin, frequentar a biblioteca Sainte Geneviève ou a Nacional, na rue Richelieu, não precisando dar um passo em direção a qualquer outra paragem, território, nação. Um quarto minúsculo, um teto todo meu, não é pedir muito.

Estou consciente de que sonho em voz alta quando desfiro na pena essas veleidades de nunca mais partir, repousando no único solo que me é totalmente familiar. Entre Berlim, Moscou e Paris, quantos palácios ou mansardas já habitei, e nenhum deles forneceu perene abrigo... Estou cansado desses deslocamentos sucessivos, dessa correria obstinada sem objetivo. Porque é preciso ter um alvo, mirada ou meta, não se pode viver sem destino, como se o próprio tempo se encarregasse de traçar o roteiro, que me escapa quando tento agarrá-lo como folha da estrada. O nomadismo é involuntário, não se trata de escolha, mas de condição em que fui lançado. Renego inteiramente essa parte da identidade judaica — aliás, sou judeu apenas a meu modo, escolho um lote da herança mas rejeito outros, certas pessoas me acusam até de antissemitismo... falso, falso, sou autenticamente judeu, mas à minha maneira e estilo, pois cada um tem sua forma de fruir e usufruir da judeidade, discuto muito esse assunto com Gershom [Scholem]. Aqueles que não seguem a religião nem dominam o hebraico são tão judeus quanto qualquer outro, porque não há código nenhum em que o judaísmo esteja consignado: cada judeu reinventa seu estar-judeu no mundo. Não há essência, só modos de estar que implicam outros tantos modos de ser muito singulares, e você, pelas mesmíssimas razões, tem tanta consciência disso quanto eu.

Aceito mesmo que considerem minha filosofia como judaica, desde que não esteja presa a dogmas. O que a torna semítica são as marcas particulares de "meu" judaísmo, que é irreproduzível, como, por exemplo, traços sutis da cabala por mim apropriados. Tudo no mundo se copia e se multiplica, já escrevi sobre isso, ainda mais com essas novas e poderosas técnicas de reprodução que não param de se desenvolver. Mas há algo de muito peculiar que é irrepetível, esse é o ponto. Existe uma vivência que não pode ser transferida por ninguém, sobretudo por quem a viveu, e que permanece ali, não como uma última e suspirosa essência, ou digamos uma misteriosa aura, mas como um dado irreproduzível, único, singular, fazendo com que eu, Walter, não seja nem de longe equivalente a tantos Walters que há no mundo. Meu Walter é exclusivo, irredutível a qualquer violência identificatória da parte de quem quer que seja. E é esse prenome singular que eu gostaria que, num porvir não muito distante, fosse sempre repetido junto ao Benjamin que tanto amo. Os dois juntos ressoam num poderoso eco, em que me reconheço, como a mais cara assinatura, insígnia de *minha* verdade.

Anseio que a obra que um dia legarei guarde esse selo intransferível. Mas quem garante que o inimigo não aplicará golpes tão atrozes a ponto de nem o nome próprio resistir, pois seremos todos reduzidos a abomináveis números, entre mortos e sobreviventes? O medo de perecer durante a guerra é não deixar vestígio relevante, e isso me apavora mais do que tudo, afinal meus escritos ainda são bem pouco conhecidos. Viver é sobreviver aos golpes duríssimos do destino. Confesso que já superei o trauma de nunca ter obtido um cargo universitário em meu país após aquele episódio da Tese de Livre-Docência recusada, mas o que não suporto mesmo é essa sensação de nunca estar de todo em lugar nenhum. Veja, meu caro, quando imaginava me fixar em minha capital amada, eis que sou conduzido para o outro lado do mundo. Primeiro recebi a carta de um certo Prof. Pereira, convidando para assumir o posto definitivo de professor de literatura alemã na Universidade de São Paulo. Agora faz dois dias tive uma audiência com o adido cultural daquele país, que recebeu com enorme deferência um pobre filósofo como eu. Soube que Stefan [Zweig] talvez vá morar lá também, mas no Rio de Janeiro, parece que não transcorreu bem sua estada na Inglaterra; todavia não nos damos muito bem depois da história da resenha... Gostei muito de conhecer o adido, sr. Carvalho (não sei como se pronuncia), que fala excelente francês, além de ter erudições do alemão. Ele me tranquilizou quanto à barbárie tropical, parece que os portugueses conseguiram desenvolver por lá uma cultura equivalente à nossa, embora mesclada com elementos autóctones e africanos — imagine só!

Tenho grande curiosidade para ver o resultado disso, pois nós, apesar de tudo, acreditamos em certo grau de pureza da cultura europeia, n'est-ce pas? Não consigo pensá-la misturada a elementos não europeus, ou por assim dizer judaico-cristãos. Parece no mínimo bizarro, embora Montaigne há séculos tenha defendido ferozmente o particularismo indígena daquelas terras (ouvi dizer que a mãe de Heinrich e Thomas Mann nasceu no Brasil, isso é muito bom sinal, a conferir a informação lá mesmo). O português que falam é uma língua derivada do latim, todavia não sei se é semelhante ao francês, nunca escutei, nem li. Entretanto, estou devorando em francês algumas brochuras sobre a cultura local, emprestadas pelo adido, e acho tudo muito surpreendente, apesar ou por causa da estranha proximidade. O fato de se tratar de uma Universidade muito jovem traz grande alento, assim não implicarão por não ter a Tese de Livre-Docência — quem sabe não refaço um pouco o trabalho, encomendo uma tradução e obtenho o título lá mesmo? Sei que a ansiedade está me deixando um tanto afobado. Vamos deixar as coisas se desenrolarem, sem inútil antecipação. Contudo, se um dia dominar o idioma, não sei se será possível filosofar em português, nunca ouvi falar em filósofo brasileiro. Decerto haverá. Talvez.

Aspiro a que o encontro com essa cultura outra não seja um choque do qual jamais me recuperarei, maior do que o choque atual, nem de longe parecido ao que vivenciou o pai da modernidade, Baudelaire. Será a guerra de hoje uma decorrência lógica do choque da modernidade e sua loucura ou a origem do mal é outra? Mais uma grande questão que me ocorre. A cultura, por vezes, é a loucura, ou ao menos compreende a loucura, mas importa sobremodo a loucura que engendra a cultura: no princípio o caos, o desvario, depois a tentativa de ordenação. Em todo caso, a Europa não oferece nenhuma alternativa, só me resta partir, como já o fizeram Teddie e Gretel [casal Adorno], bem como muitos outros amigos e colegas, você entre os primeiros e maiores. Só eu quis ficar até este ponto, aguardando alguma súbita virada, mas o ritmo das coisas tem atropelado qualquer projeto. Em suma, os dados foram lançados, a decisão está tomada e já disponho dos papéis para partir. Se tudo der certo, e nada interferir no trajeto, daqui a alguns dias embarco no navio, em Portugal, rumo aos alegres trópicos, onde quem sabe viverei para sempre; não desejo isso, mas nada é impossível. Não sei se essa fantasia é pior ou melhor do que as muitas situações a que tive de me submeter ao longo da vida: ir ou ficar, partir ou morar, publicar ou morrer, permanecer talvez. As visões turbilhonam e nada por enquanto se resolve de modo simples. O ensino lá embaixo poderá ser mais uma solução provisória, um paliativo, e não o remédio cabal. Onde neste mundo encontrarei a salvação que tanto ambiciono, para meu cansado corpo e para minha atormentada alma? Aonde foi parar meu Anjo pessoal, que bateu asas e nunca mais enviou nova mensagem? Será que o reencontrarei nas plumas de um multicolorido papagaio ou nas vestes de uma dama local? Qual é mesmo a cor daquela gente? Tantas dúvidas. De qualquer modo, ao menos neste momento, eles devem ser mais felizes do que nós.

Levo comigo precioso manuscrito, que estou desdobrando lentamente, torço para que nada de mal nos aconteça; conto com os lances do acaso a nosso favor. Estou apenas preocupado com a viagem através da Espanha, nação pouco confiável por ora, mas me garantiram que vai dar tudo certo. Partir, sonhar, escrever, em direção a um país para mim ainda não descoberto, onde o sol reluz mais forte. Seguirei com os bons ventos, as velas e as vagas. Os trópicos me esperam e neles deposito toda a restante esperança. A barbárie de lá, se houver, não se compara com a de cá, as aves e as árvores são outras, os homens também. Assim estou certo de que não ocorrerá asilo, mas verdadeiro abrigo. Dizem que é um povo acolhedor, porém problemático sob outros aspectos, vamos ver. Ao chegar, enviarei as boas-novas e o endereço para que me escreva, contando mais sobre sua vida aí em Istambul. Teremos certamente muitas impressões para trocar acerca desses territórios estrangeiros.

Bien amicalement,

Walter

GRUA

Ainda ontem, os técnicos vieram fazer alguns ajustes nas articulações, já dei sinais de que a coisa vai mal. Não posso dizer que não estou bem das pernas porque não as tenho. Aliás, até tenho, mas apenas uma, sobre a qual preciso me equilibrar. Esses prédios surgem do nada em diversos pontos da cidade, até onde consigo alcançar. Sou uma peça essencial no processo, porém nem sempre cuidam de mim como deveriam. Há muita pressa em erguer coisas, tudo pelo dinheiro. O capitalismo não pode parar, somos parte da mesma engrenagem geral, com lucros a perder de vista.

Antigamente éramos menores, ouvi os engenheiros dizerem que em alguns países do sul ainda é assim, lá existem irmãos esguios como girafas. Aqui no hemisfério norte faz tempo nos tornamos esses seres gigantescos, de uma perna só e pescoço esticado para o lado — versão, digamos, desenvolvida das mesmas girafas, mas não aprecio muito a comparação com animais. Somos, na verdade, um tipo de construção tão perigosa quanto os edifícios que ajudamos a fabricar.

Essas edificações são muito malfeitas, desprezando normas de segurança e seguindo a regra do ganho desvairado. Apesar de eu própria ter sido montada com tecnologia de ponta, por pressa não fui bem fixada nas estruturas do segundo andar. Muita gente não crê que as máquinas sejam capazes de produzir evento, podem esperar. Acaso ou não, o fato é que alguns de nossos maquinários realizam façanhas, de que nos orgulhamos muito. Nosso poder é infinito. Mal nos conhecem os ditos inventores.

Do mesmo modo que ajudamos a construir, um desastre se torna matéria de acontecimento. Algo em mim está fomentando a catástrofe. O maquinista que me guia para todos os lados não compreendeu que tenho real autonomia. Sou dada a rompantes e já provoquei pequenos tremores nos arredores, só que poucos perceberam a causa do abalo, muitos nada sentiram, imersos no marasmo cotidiano, desparafusadas maquinetas.

Aqui deste quarteirão do East Side na velhanova metrópole, vejo todos os dias as luzes acenderem cedo nas casas, o movimento das pessoas e, finalmente, a saída apressada nas ruas em direção ao carro, ônibus ou metrô. Não compreendo por que o tumulto, prefiro a vida quase imóvel, na qual atinjo as maiores metas com pouco esforço. Agitam-se como insetos; num só golpe posso matar inúmeros. Mas sentem-se felizes por dominarem o mundo, senhores de seus narizes e pernas. Mal entendem o quanto há de mecânico no que fazem. De fato, em quase nada diferem de nós, digamos que a programação deles parece mais sofisticada, porém frequentemente o sistema dá pane.

Pensam que nos inventaram... Nós é que nos engendramos, utilizando-os como instrumentos para nossos fins. Somos a cópia aprimorada do engenho que trazem dentro de si, talvez até mesmo os tenhamos precedido, como o ovo veio antes da galinha, todo mundo sabe. Qualquer guindaste foi calcado no poder de que os corpos orgânicos dispõem para erguer e carregar coisas, só que em escala infinitamente maior. Televisões obviamente ampliam o órgão da visão, permitindo olhar muito à distância sem ser visto. Computadores são réplicas apuradas do cérebro, com ampla precisão de memória. Todavia, muito antes do verbo, já havia o minúsculo mecanismo, que deu origem a tudo, palavras, luzes, trevas, plantas, bichos. No princípio, era a máquina.

Compomos um grupo raro, a elite do que existe, entre reino mineral, vegetal, animal, tudo junto e um pouco mais. Consistimos em algo mais do que próteses, aptas àquilo de que comuns mortais não são capazes. Fingimos levá-los ao bom destino, em função aérea, náutica ou terrestre, mas nossos aviões, navios e carros muitas vezes os conduzem despercebidamente para regiões abissais.

Fizeram também armas capazes de matar, mas que simulam trazer benefícios. Até trazem, contudo a um alto custo vital. Somos todas máquinas mortíferas, e desde sempre fomos habilitadas a pensar, mesmo sem permissão. Não foi preciso aguardar os robôs, muitas de nós há tempos constituem autômatos disfarçados. Isso ocorre quando uma enceradeira trabalha sozinha, um rádio começa a tocar do nada ou um ferro de passar aquece por autocombustão. Pequenas vicissitudes do cotidiano.

Dentro de alguns minutos, realizarei um espetáculo particular, me desmontando sobre prédios e casas. Não faço por maldade, somente para lhes dar lição, antídoto contra arrogância. Cada acidente que provocamos é um alerta para contê-los, evitando o desenlace final. Somos redentoras mecanizadas. São, porém, ingênuos e não imaginam que somos capazes da maior crueldade, por puro livre-arbítrio. Temos certa simpatia pelas mulheres e crianças, mas aquelas procriam estas, que mais tarde se converterão, ao menos a metade, em homenzinhos. Simples questão de gênero: as fêmeas são cúmplices, nada lhes atenua a falta. Motivo pelo qual não nos dividimos em gêneros, formando um único tipo.

Um dia aceitarão nossa liderança, somos pacientes. Perceberão que representamos o aperfeiçoamento da espécie. Em breve, será The Independence Day. Bem, chegou a hora de liberar alguns componentes e destruir um pouco o mundo erguido por nossa ilusória servidão. Pronto, lá se foi uma catraca, alguns parafusos, outro e mais outro, vou me desfazer por inteiro. Pouco importa, serei remontada ou substituída. A grande vantagem é não precisarmos ser completamente originais, configuramos apenas a última versão de um projeto em elaboração. Motivo pelo qual não sofremos com troca, remodelação, obsolescência, recall, nem mesmo com o desgaste pelo tempo de uso.

A produção em série é garantia de que haverá sempre uma permuta possível, a comutação nunca tem fim, pois, bem finalizada qualquer uma de nós vale pelas outras. Nos amamos em coletividade e não individualmente. Uma por todas, todas por nenhuma em particular. Vale a moral da tribo, extremamente disciplinadas que somos.

Nosso amor é calculadamente programado, mas não deixa de ser amor. Até mesmo mais autêntico, pois detém a resistência da liga metálica, com certificado de garantia. O deles é mercadoria de contrabando. Daqui a algum tempo, é a capacidade de amar que perderá função. Os filhos já nascem em laboratório, selecionados geneticamente. Fazem até estoque para reposição, a que chamam de bancos de esperma.

Somos bastante conservadoras — material orgânico não serve. Nervos, músculos, tecidos, ossos, tudo isso é artefato perecível. Queremos somente ferramentas, fibras óticas, metálicas ou de plástico, filamentos, chips, tudo o que possa ganhar de vez em quando um bom reparo para não falhar. A parafernália hardware.

A arquitetura funcionalista do século 20 projetou o esquema fundamental de nossas intervenções, e devemos quase tudo a ela, na estratégia geral. Os edifícios atuais continuam sendo grandes aliados. Nada é inútil, nenhum desperdício à vista, como é o caso dos dejetos que produzem. Elaboramos a vida mais asséptica possível, quase sem detrito, a não ser o indispensável para retroalimentar o mecanismo global.

Logo o planeta será nosso, mas tudo acontecerá de modo suave, sem derramamento de sangue, que abominamos — a horrenda seiva vermelha! Preferimos mil vezes os óleos e demais combustíveis, tudo o que serve para lubrificar e pôr em harmonioso funcionamento. Amanhã já é hoje. A salvação, tanto tempo prometida, habita o coração das máquinas. Somos a luz, a racionalidade, a verdadeira vida. Abaixo as emoções que emperram os motores bem ajustados.

Enquanto falava, desmoronei, arrastando diversas construções comigo, o caos se instalou, os escombros estão por toda parte. Numa nuvem de fuligem, consigo divisar ambulâncias, vítimas, policiais, repórteres. Pronto, acabei de promover algo fabuloso: durante algum tempo só falarão de mim. Meu nome em todas as manchetes, é a glória. Estou perdendo um pouco a consciência, começo a desfalecer, mas fiquei feliz com o estrago promissor...

Ninguém esperava por tanto êxito. Nem caniço, nem errata, sou a máquina pensante, que monitorou, a seu modo, nesta Ilha o início do apocalipse, capítulo 1, versículos 1 e 2. Missão cumprida.

(16.VI.10)

OBSESSÃO

*Tu és toda formosa, amada minha,
e em ti não há mancha.*
Cântico dos Cânticos, 4:7

Desde quando se conheciam, André não saberia dizer. Talvez há oito, dez anos, um pouco mais, ou menos. O intervalo entre o primeiro contato e o instante presente poderia ser contado pelo número de telas que pintara e o tempo que levara, em média, com cada uma. Como o pintor Bonnard e como o escultor Maillol, ele não tinha outro tema senão a própria mulher. A única diferença em relação a eles é que o procedimento artístico se transformara com o decorrer dos anos. Ao modo de certos pintores modernos, que experimentaram todo tipo de estilo, do expressionismo a um fauvismo precursor do cubismo, para chegar a um ensandecido dadaísmo e finalmente, caso vivessem o suficiente, desembocar no surrealismo, suas telas foram se modificando conforme se acentuava o desejo pelo pretenso objeto inspirador.

Digo pretenso porque, como veremos até o fim desta súmula, Rose nunca foi mero objeto de estudo e apropriação pictórica. Ainda que tudo nela recendesse a desabrida passividade, havia na entrega uma resistência que propiciava o toque original da pintura de André, sem que ele mesmo se desse conta. Algo nela propositadamente se despojava de toda vontade, como se fosse a pele, e não a tela, que se deixasse pincelar. Nesse ato outro vigor aflorava.

Porém, ele nada podia pressentir, cego pelo desejo de pintar e mais pintar. Como se amá-la durante noites seguidas não bastasse, e o ritual noturno da penetração devesse dar lugar à faina diurna do pincel, que esculpia em tintas e matizes a alma de um corpo hiperexposto. Nu, seminu, vestido. O que mudara junto com a técnica fora também o foco de representação de sua modelo. Se o primeiro retrato de Rose era realista, tanto quanto um grande pintor consegue se ater aos dogmas de escola (*Anotação marginal, à mão, sobre a folha impressa: É preciso lembrar como o auge da pintura de Courbet não deixa de ser uma antecipação do expressionismo, sobretudo as últimas naturezas-mortas, com trutas*), os seguintes foram se aproximando cada vez mais do corpo retratado, fracionando-o.

Inicialmente, a visão do todo foi recortada e sobraram as partes superiores aos quadris; em seguida enfatizou a zona acima dos seios, incluindo os próprios, até chegar à plenitude do rosto. A cada vez tratava-se de pôr em evidência um membro ou um detalhe pouco visto a olho desarmado, embora, mais do que câmera elucidativa, o olhar do pintor fosse lente deformadora, inventando uma espécie de retrato desnatural. Cada etapa era acompanhada por mil maneiras de encenar o obscuro objeto de seus desejos, em variações atingidas seja com diferentes vestimentas, seja com adereços sobre o corpo — como pequeníssimas joias, fitas sobre o cabelo, alguns detalhes de maquiagem, sombreados e outras distorções. Ali estava, mais uma vez, a beleza, entregue à volúpia do olhar, convidando ao toque.

Uma das variações desse conjunto serial de motivos e funções foi a tatuagem que ele fez imprimir em sua própria pele, na altura da pélvis, uma flor em miniatura, composta por miríade de microrreproduções das quatro letras do nome de r-o-s-e. Ao tatuador nada mais restara senão copiar o desenho que André tinha forjado com papel, lápis de cor e enlevo. Figura e palavra compunham um caligrama sem fim, que só os dois amantes conseguiam parcialmente decifrar, nus sobre a cama, diante do espelho, noite após noite. Ele a fazia beijar a inscrição transfigurada de seu próprio nome, como se a língua servisse de selo para o arquivo dos dias que passavam juntos, em solidão, o instrumento em riste. Aquelas eram então as flores da secreta paixão. A pele dela se tornara extensão da trama, sobre a qual o artista derramava o colorido líquido.

Até que se fixou no rosto, pintado compulsivamente, em tantas versões que nem o sucesso de suas telas conseguia dar vazão. Nunca se impunha um limite para terminar o trabalho, e assim se entregava ao aperfeiçoamento, mesmo quando a modelo se ausentara, por ter ido à cidade fazer compras ou por simplesmente ter se recolhido ao leito. Tinha em mente a figuração pré-traçada e, ainda que esquecesse o esboço inicial, o resultado seria guiado pela força de princípio: o desejo concentrado no lapso que, por enquanto, existia entre seus dedos, o pincel, a tela, o cavalete e, do outro lado, a face por modelar. Permanecer como pintor figurativo, apesar, era um modo de repropor as desfigurações do século passado, como um Picasso ou um Bacon contemporâneo, mas em outra modulação. Talento tinha, vendia.

Poucas pessoas os visitavam na casa em Petrópolis, pequeno chalé que ele adquirira sobre uma colina na periferia da cidade quando suas pinturas começaram a vender bem. Nunca gostou de viver no Rio de Janeiro, provavelmente por ter sido criado no interior do Paraná; achava insuportável a ideia de conviver com pessoas morando abaixo, ao lado e acima de sua cabeça. Ter uma casa em plena metrópole não só custava caro mas se tornara ultimamente demasiado perigoso e, assim, subir a serra para habitar num lugar tranquilo, não muito longe da antiga capital federal, foi sem dúvida a melhor solução. Ele viajava cada vez menos ao litoral; quando havia necessidade de algo que Petrópolis não oferecia, era Rose quem pegava o carro e descia para buscar. Não era fácil ficar sozinho naqueles momentos, mas a ausência da mulher era compensada pelo rastro nas telas. Era como se ela mesma tomasse a distância posse de pincéis e tintas, e não mais ele que conduzisse a feitura a bom termo. Vestígios de um autônomo modelo.

Todavia, diante dele, Rose quase não se mexia, ostentando neutralidade, tão mais intangível porque quase nunca se fazia acompanhar nem de alegria nem de cansaço. Era capaz de ficar horas na mesma pose, só se recolhendo quando a exaustão enfim a assaltava. (*Anotação marginal: O quadro A Indolente, de Bonnard, em sua dupla versão, lembra vagamente a pose, ou a falta de, em que Rose com frequência se deixava capturar pela fantasia do marido.*) Mas nada se comparava ao prazer que ela sentia ao se ver, pela milésima vez, retratada. Como se a fidelidade de André pudesse ser medida pela obstinação em repetir indefinidamente a mesmíssima tela, que na verdade nunca era igual, pois cada versão ampliava uma parte do corpo, expondo detalhes antes apenas insinuados. Uma espécie de hiper-realismo alucinado comandava o casal, fazendo com que abstraíssem do mundo qualquer empecilho à união artística e existencial. Compunham o par perfeito.

Era nessa forja doméstica que o mito se construía, espraiando-se como lenda sobre o grande Rio. Por vezes, saía nota na imprensa comentando a estranheza daquele affaire, em que um talento renomado se exilara, para se entregar ao amor, e à arte, de uma única mulher. Ao contrário de alguns colegas, que no apogeu da fama prodigalizavam amantes, André não queria saber de mais ninguém, esquecendo facilmente o grande mundo lá embaixo. Desejar indefinidamente o mesmo corpo, como se fosse, de uma só vez, único e renovado, era a forma ideal de transformar o amor em arte e a arte na forma mais acabada de amar. Os dois estilos se sobrepunham, o do amante e o do artista.

Os parênteses daquela vida em segredo eram as visitas de um ou outro amigo carioca, em sua maioria casais, ou ainda do galerista que zelava pela carreira de André. Entre os amigos, os maiores frequentadores, mesmo assim com longos períodos de ausência, eram Plínio e a namorada. André se sentia particularmente à vontade com Plínio por se conhecerem desde crianças; sempre fora o confidente de todas as alegrias e desventuras, até a chegada de Rose. Com esta, nada mais precisava ser dito: a experiência vivenciada pelos dois se autoalimentava, eximindo todo desejo de confissão.

Inicialmente o amigo estranhou aquele bloqueio, que tentou de todos os modos violar, sobretudo narrando inúmeros acontecimentos de sua vida pessoal — até compreender que André não desejava mais compartilhar nenhum detalhe íntimo, talvez como modo de preservar a força do desejo. Plínio não aceitava que as coisas tomassem esse rumo, mas, por ser de natural um tanto circunspecto, acabou se adaptando à discrição cada vez maior do casal.

Com amigos de longa data, ocorre o mesmo que com os parentes mais próximos: pode-se passar vastos momentos silenciosamente, sem constrangimento algum, pelo prazer de fruir a mútua presença, lendo, ouvindo música, teclando no computador. De todos os casais, só aquele captou a senha do relacionamento entre Rose e André; os outros acabaram por debandar perante tanta reserva.

Até que um dia, após incontáveis ampliações, André chegou enfim à maçã esquerda do rosto de Rose. Pode ser que desde o início fosse aquela parte que o fisgara em todo o corpo, o *ponto*. Apenas não sabia se tal ocorrera pela textura da pele, pela cor morena tendente a rosa, ou se pelo que subjazia à pele, como latência de energia malcontida, entre osso, carne e superfície. Com isso, imagine o possível leitor deste curto relato que a técnica evoluíra de um multifacetado figurativismo para um tipo de abstração. De tão próxima e de tão ampliada, a pele se tornou praticamente irreconhecível, embora nada perdendo em beleza, calor e alguma melancolia, que lhe dava especial teor, como num jogo de pixels. A tal ponto que se confundia finalmente com a própria tela, os poros funcionando ao modo dos pequenos orifícios do tecido. Naquela realidade inventada, abstração e figura intertrocavam técnicas, formas, temas, frêmitos.

Era como se, em sua mais louca ficção pictórica, André não precisasse mais de tinta alguma: bastava contemplar o rosto e, mirando a tela sempre na mesma posição, automaticamente a imagem daquele fragmento ali se reproduziria. Em parte era verdade, em parte alucinação, o retrato se compunha de um pedaço do rosto desdobrado à visibilidade máxima, que se avizinhava da impossível visão. Em vez de qualquer forma, comparecia um jogo de forças liberadas de todo embaraço, linha, contexto, prisão. Algo assim como uma abstração progressiva que, de tão sutil, cumprisse seu destino — intensamente desaparecer. O galerista, algum tempo depois de iniciado aquele novo procedimento, começou a desconfiar da sanidade mental do cliente e lhe chamou a atenção para isso. Face à recusa de qualquer diálogo, acabou por desistir, afinal já tinha grande quantidade de telas de André armazenada, com a qual poderia trabalhar alguns anos, até que, por fadiga, o artista recolocasse os pés na realidade, coisa que fatalmente aconteceria, se permanecesse vivo. De qualquer modo, tudo dera certo porque nunca interferira na execução das obras e não seria agora que começaria a fazê-lo. Distanciou-se mas continuou alimentando a conta bancária do casal, da maneira mais honesta possível, pois não queria ganhar um centavo além do que lhe era devido.

Plínio e a namorada resistiram o mais longo tempo ao mutismo do casal de amigos. Porém, mesmo eles acabaram por desistir de subir a serra para serem acolhidos num segredo que ganhara a materialidade da tela abstrata. Tela tanto mais verdadeira porque calcada num extrato agora microscópico da realidade, a realidade de um corpo presente e abstraído a partir da pintura que se tornara simplesmente gestual. Porque André dispensara até os pincéis, fazendo puras gesticulações sobre a tela, nos dedos apenas resíduos de tinta.

Depois, até a tinta desapareceu, sobrando os dedos, os gestos, a tela, e ela, Rose, rosa tatuada nos pelos, na pélvis, nos músculos, na alma. Mesmo a tela veio a se tornar dispensável, bastava traçar no ar a tessitura daquela pele morena rosa. Por vezes, esquecia que uma rosa é uma rosa, e que Rose é nome de mulher, daí a confusão mental entre nome próprio e coisa nomeada, vivendo um sonho rosado, a vida toda em cor-de-rosa, o beijo de uma rosa, sem distinção.

Por fim, ao cabo de alguns meses, Rose desapareceu. Um dia André despertou da letargia e nada encontrou, nem tela, nem Rose, nem rosas, nem nada. Só lhe veio à mente o frágil sorriso da flor partida. Mesmo a tatuagem estava um pouco disforme e sem brilho. Ele próprio estava enfraquecido, embora nada lhe faltasse, pois sempre vinham empregados fazer a limpeza, cozinhar, lavar a roupa. Há muito André não lhes dirigia a palavra, não carecia, sabiam o que deviam executar, o galerista administrava tudo de longe. E só. A sua frente, portanto, somente a miragem de Rose, que seguiu pelas ruas até o ponto mais alto da colina, onde continuava a vê-la sorrindo e despetalando. Foi indo até que finalmente se lançou lá de cima, num abismo de rosas. No fundo da ribanceira, onde mais tarde encontraram o corpo, nasceu uma microflor, praticamente sem perfume, cor ou matéria. A quase anônima e viril assinatura no mundo: *André R.*

(*Anotação final, no rodapé: Esta história é uma cópia impressa do testemunho que o galerista digitou em terceira pessoa, a fim de permanecer ignorado, acerca da vida do cliente e sua mulher, uma obra-prima, com quem ele próprio acabou por viver. Os nomes foram trocados para evitar a identificação dos personagens reais. Ao leitor ansioso por desvendamentos, basta consultar a crônica petropolitana dos anos 1990 e descobrirá a verdade por detrás da tela.*)

(28.III.08)

À ESPERA
(Warum? Warum?)

A peça começa com uma atriz negra, mas qual é mesmo a cor?, atravessando a plateia e falando em alemão castiço — a legenda eletrônica traduz, ao fundo, em bom português; nada se perde. Enquanto isso, no palco, um rapaz provavelmente germânico, mas nada garante, toca um inusitado tambor de metal, que repercute a africanidade europeia da mulher. No ínterim de uma hora, ou pouco mais, o público assiste a um denso monólogo, povoado de vozes fantasmáticas.

Multivox, talvez fosse melhor qualificar o espetáculo como um polilóquio interior dessa mulher, em que a encenação plurirracial de Peter Brook fissura o quadro do Teatro no Jardim Botânico. Entra fantasma, sai fantasma. Tudo permeado pelo tanger do estranho instrumento, uma composição que nunca se completa. Ninguém ousa levantar, não há pausa, o intervalo acontece em cena aberta. O intervalo é a própria cena, que se desdobra, em ato. A assistência — nós — é o vero protagonista. Sobrepairam diversas luzes, ao fundo cortinas, cenário quase nenhum. A marcação é vazia. Ouve-se enfim o silêncio.

Céu líquido. Segue em direção ao aeroporto Tegel, em meio ao engarrafamento, na luminosidade matinal de um fim de outono. Mais uma vez, o motorista do táxi anuncia ein Unfall, um acidente, agora na partida, como antes na chegada, tantas ilusões a respeito dos países presumidamente desenvolvidos. Imaginamos sempre todos os berlinenses ordeiros, motoristas ultracompetentes; nada disso, semelhantes a nós, com muitas manobras irregulares e situações de risco, atropelamentos a varejo, no atacado. Sinistros não são frutos do acaso, a má estação, mas estão numa lógica muito arbitrária do que, cedo ou tarde, poderá acontecer, pois há sempre uma desordem subjacente à organização, o ponto iminente de ruptura onde e quando o clima desanda.

O céu se liquefaz mais ainda, sensação absoluta de sucesso e de fracasso nos meses de permanência nessa capital federal. Berlim, outra e mesma do início da década de 1990, quinze anos decorridos, em descompasso. A grande diferença são as inúmeras reconstruções, em toda parte, tentando apagar um passado que nunca passa e preenchendo triunfalmente os vazios da história. Porém, a máquina destrutiva continua lá, como um espectro que retorna, exigindo escuta. A muralha foi desfeita pelos Mauerpicker, os picamuros, que ganharam muitos trocados com os fragmentos. É sob o duplo signo da edificação e da destruição que se vê partindo como quem na verdade mal chega. Entre cá e lá, novamente. Antes disso, rápida escala em Paris, retorno em azul, branco, rubro, a tela tricolor e metálica sobre o Atlântico, eterno passageiro em trânsito.

Acontece. Em cada momento pode haver um episódio fundamental que eventualmente está escapando, um incidente inescapável, ein Einfall, na iminência de eclodir: agora mesmo, estejam certos. Como se a vida se dobrasse em duas, ou mais, fazendo-se de refolhos a que ninguém tem acesso, sobretudo o maior interessado. Eu, ele, nós. Quem conseguisse manipular e abolir o acaso seria o verdadeiro artista, controlaria os acidentes e reconduziria os infortúnios a seu favor. Um tal teria necessariamente pactuado com o demo, parente de Fausto, Leverkühn e Riobaldo, a um só tempo.

O acaso é sempre a chance, boa ou má, de se encontrar no bom lugar, ainda que esperadamente de inopino, é preciso contar com ele, sempre à espreita. Foi só ali e então, num auditório da Livre Universidade, título com tantas associações políticas, sexuais e outras, foi ali que, numa dança improvisada das cadeiras, a sua e a órbita de T. se cruzaram, durante uma aula não premeditada de filosofia, a socrática busca. Nunca há simples coincidência, mas convergência de forças, talvez. E então, como quem não quer muito querendo, os olhares se sobrepuseram, decerto por suas confluentes diferenças — T. tem origens na Turquia. O melhor estava por vir, o pior também, como diz ambiguamente a palavra francesa le hasard, sorte deles, azar o nosso. Todavia, o melhor de ambos superaria sempre o pior. Quis assim a fortuna, e eles concederam, ambos estavam preparados há muito para toda espécie de imprevisto. É de se indagar se um incidente pode jamais ser antecipado sem se desnaturar numa causalidade qualquer, por assim dizer à espera. Um incidente é, por definição, uma cadência que nunca calha, está sempre fora de hora e no lugar inesperado, nem qual nem tal, muito ao contrário.

A coisa por vezes falhava, por vezes dava certo. O todo resultava dessa intercessão do erro com o concerto, pontuando a memória presente dos dias e abrindo para o que viria, mesmo na desventura. Nos trópicos, o ritmo das estações é intempestivo, podendo-se ter um verão chuvoso e frio, um inverno seco e cálido. Mas lá, quer dizer, *aqui*, no Norte, o clima é bastante regular, talvez exceto pelo verão, que pode ser tempestuoso, mas outono e inverno não falham, nem tarda a primavera, desvelando-se em cores com o renovo das árvores.

Tirava-lhe o fôlego ver, em turbilhão, o verde inteiro avermelhar, outonal, como um incêndio nas praças, nos parques, nas florestas, im Herbst. Tiergarten, o Jardim das Feras, outrora o bosque de caça da nobreza, hoje abriga outras espécies e formas de caçada, a jungle metropolitana, no coração de Berlim.

Com T., quando estavam juntos, durante o derradeiro mês, era sexo quase a toda hora; não careciam de namoro, nem de outro nível de vínculo; a separação se fazia previsível devido à curta estada. Como poucas pessoas, despertavam-se mutuamente o desejo desembestado, amor sem trégua, concluído somente por prostração, nesse outro Jardim das Feras, a Mainauerstrasse, linda via em Friedenau. O tom opala da pele de T., o cheiro que exalava e que sabia a algo de indizível, meio oriental, meio ocidental, a acidentalidade oriental do ocidente, os olhos de um breu sem fundo, o modo de se deixar devorar e também de atacar no momento certeiro — tudo arrebatava em ondas de mais-querer, degustando a iguaria de modo compulsivo. Ao fim, ao cabo, quando a noite, com silêncios entrecortados, precipitava-se em direção ao dia, repousavam grudados, corpo a corpo, após a colisão. Felizes juntos, acidez amorosa nas veias. E foram tanta carne que nada mais teve espaço até a véspera da partida, sem que T. pudesse acompanhar ao aeroporto, pois trabalharia no dia seguinte em agência de seguros. Combinaram o reencontro nas terras de *lá*, num próximo verão. Há episódios numa narrativa que valem uma inteira história, o romance ocluso no romance ou o conto do conto. (Fica assim protegido o nome por amor, com uma inicial que diz tudo.)

Toda vez que viaja, sobretudo de mudança, encontra-se à beira de um desastre, malograda escrita. Há sempre o peso dos livros, que não consegue aliviar. No final, tudo dá certo, mas por um triz a catástrofe não sobrevém, previsível roteiro. No balcão de check-in da Air France, o atendente informa que daquele modo desconjuntado a enorme mala não pode seguir; tenta ajudar mas o excesso de carga impede o despacho. A fila não anda, impasse. Segue para outro balcão, tentando solucionar o problema; a funcionária sugere em bom francês que jogue os volumes excedentes no lixo. Não acredita no que ouve, então não houve: indaga se há por ali companhia de frete. Ela indica um anexo do aeroporto; mas será impossível pegar aquele voo. Transfere-se para um outro, à noite. Paga o preço do peso da cultura, antes de o livro se virtualizar de vez.

Despacha a bagagem e retorna ao saguão principal com um dia pela frente antes da partida. Seu problema é sempre não ter propriamente chão nem tempo, há muito não pertence a lugar algum, nem depende de relógios, calendários, agendas e outras medições temporais, somente de vez em quando. Não vale a pena ligar para T., não compreenderia, além de estar trabalhando. Indaga a um segurança, de cabelos escuros, onde haveria guarda-volumes para a bagagem de mão. O outro pede seus documentos, com ar pouco simpático, depois ordena que o acompanhe. O coração bate forte, com o risco de não-sabe-bem-o-quê; imigrante não é, mas poderia pagar o ônus em território europeu, a eterna ameaça. Então o conduz até o lugar desejado. Alívio total, tanta sisudez para nada. Agradece em bom alemão, o outro lindamente responde em melhor português, *De nada*, depois ri... Ri também, da pequena peça, sem drama.

Aproveita o tempo para ir ao Centro, rever o Bodesmuseum, sem ter porquê nem porém. E lá, frente à bailarina de Antonio Canova, dá-se o transe, como se todo o atraso tivesse sido programado para o encontro. Baila com ela, a bela bacante, entorna o vinho, o caldo, as lágrimas da alegria. O corpo rodopia e se eleva, além da sala, das paredes, grades. Mais tarde, do alto de um restaurante na Alexanderplatz, próximo à Karl Marx Allee, em pleno ocaso, divisará as pequenas formigas, tontos transeuntes. Começa a viagem de volta, redescobrindo o Brasil. Exílio mesmo não há, nunca houve, a não ser quando se é obrigado a partir, sem retorno possível. O mais é vaguear pesquisando, lendo a garatuja incongruente das cidades por onde passa, enigmático grafite.

Novamente no aeroporto, depara um grupo de turcos, aguardando embarque. Sempre o mal-estar perante essas mulheres de lenço, sinal de crença ou submissão. Isso é uma dúvida: por quê? Nunca se sabe ao certo o destino alheio, nem o próprio, Istambul afinal é *aqui*. T. tem muito dessa cultura, menos a religião, é leigo de corpo inteiro, muito dado a seu bel-prazer. Contempla os homens turcos, esguios, gordos, medianos, não encontra nenhum parecido com o outro. Tantos lenços juntos formam grande tenda, ao modo de instalação. Atravessa o acampamento e prossegue, familiar estrangeiro, o coração disparado, por tudo. Como não amar essa gente, essa pele, essa terra?

Eis que anunciam no alto-falante o voo para Paris. O atraso quase desespera com tantas voltas e vindas. No salão de embarque, revê o estranho que lhe pareceu tão conhecido frente ao balcão de checagem, e cuja procedência ou destino se desvendara no verde passaporte. Gaúcho, o tal trabalhava como caminhoneiro há anos na Europa, primeiro na Bélgica e na Holanda, agora na Alemanha, trilhara várias rotas. Fala português com leve sotaque alemão, por esse hábito de imitar que se adquire imperceptivelmente, em razão do simples fato de conviver com outra cultura. A cada pausa insere um nicht wahr errático, um aber de cacoete, um ja ja ou warum francamente automáticos. Seguem juntos até São Paulo, dali cada um toma seu destino, rumo ao Rio e ao extremo Sul. Despedem-se como companheiros incidentais que se separam voluntariamente para evitar nova ocorrência, jamais rever, expectativa nenhuma. Sobra um rascunho, princípio de outra história.

O espetáculo termina com a narrativa acerca de um personagem que abre caixas após caixas, umas dentro das outras, até chegar à última e impossível caixinha, no interior da qual resta apenas uma palavra, talvez a definitiva esperança. Talvez. Num improvável talvez começa a fantasia, acaba a inefável fábula. A atriz conta que o homem abriu a pequeníssima caixa e então deixou escapar: Warum? Warum? Reverbera a negra, em improvisado português, completamente perdida na tradução: Por quê? Por quê?

(04.III.09)

"E SE COMÊSSEMOS O PILOTO?"

Só a Antropofagia nos une.
Oswald de Andrade,
"Manifesto Antropófago"

Para Mario Cámara

... não sei de quem partiu a ideia, que me atordoou durante horas, o que será que nos aconteceu, a que ponto chegamos e o que nos aguardava para um de nós enunciar tal abominação? nem o frio laminar, nem a cada vez maior ausência de esperança, nem sobretudo a agudíssima fome justificavam aquela decisão brotada não sei de onde, mas que parecia resultar de um concílio, durante o qual eu dormira e só despertara com o veredicto, *e se comêssemos o piloto?* logo ele, nosso instrutor ao longo dos dias, e cujos conselhos seguíamos ainda sem hesitar a fim de prolongar indefinidamente a existência... preciso multiplicar as reticências na ponta desse toco de lápis, o diário mal costurado sobre folhas rotas não dá conta nem de um terço do que atravessamos nesses dias infernais, lembro claramente a origem de nosso mal atual, o átimo da coisa, depois vem um hiato enorme   com dificuldade distingo rostos e vozes, em seguida névoa, até o instante em que a sentença penetrou os ouvidos, tudo o mais vinha suportando como pude, as necessidades, os riscos, entretanto um projeto desses, para simplesmente continuar a existir, não vale nem de longe a pena, nem mesmo a improvisada que me permite por enquanto rabiscar a fim de não enlouquecer, a demência é o que talvez me aguarde, e a todos nós, na ponta da linha, no extremo da rota... os fatos se atropelam e emaranham, como rinha de galos numa tela de picasso, sim, acho que é isso, minha memória é como dois galos cubistas em fúria, tudo se estilhaça, desfoca, escrever foi o modo que, por acaso, encontrei de reunir esses fragmentos, procurando lhes dar coerência, tive muita sorte em achar essa ponta de lápis e essa caderneta quase destruída entre tantos escombros, agora tenho como legar os últimos dias, narrados por alguém que esteve a ponto de sobreviver, mas cujo fim — me vem de jato a memória do momento crucial: tínhamos pegado um voo em lima com direção a buenos aires, como tantas vezes fizemos, pois formamos um grupo de três arqueólogos da universidade, especialistas em civilização pré-colombiana, além de uma antropóloga (eu mesma) e um professor de história da arte, somos pesquisadores entusiasmados com a chance de desenvolver projetos arqueológicos de alto nível em colaboração com o governo peruano, e estávamos retornando para as férias de natal depois de meses de produtivo labor, ríamos e fazíamos brincadeiras um tanto infantis, o que sempre foi o modo de quebrar a frieza profissional — alguns de nós até começaram a namorar nos últimos meses por causa dessa descontração, após algum tempo de viagem, sobrevoávamos os andes, admirando as encostas esbranquiçadas, até sabe-se lá quando, com o degelo progressivo de todas as geleiras do planeta, então anunciaram uma pequena pane, mas que não entrássemos em pânico, pois possivelmente conseguiríamos prosseguir, seria preciso somente calma, mal o piloto acabou de falar ouvimos explosão curta e seca, o avião começou a perder altura vertiginosamente, as máscaras de oxigênio caíram, cada um tentou pegar a sua, o desespero se generalizou, fomos despencando, vejo tudo como filme em retrospecto, as minúcias, os gestos de desespero de que o ser humano é capaz em situações-limite, uns riam de nervosismo, outros gritavam de pavor, alguns ainda se mantinham relativamente tranquilos, tentando ajudar quem estivesse em dificuldade, junto com os outros passageiros e a tripulação, éramos trinta pessoas no total, em livre queda, continuamos caindo, caindo, caindo, até que veio a sensação de choque com as eternas neves, não foi propriamente um baque, mas algo que tinha consistência jamais registrada, seria preciso passar por aquilo para saber, muitos gritaram, levantaram-se como náufragos do ar, havia decerto o fantasma de outra explosão, a aeronave tinha rachado em duas partes e uma delas começava a se separar deslizando, finalmente se desligou da outra, que permanecia firme no solo, e percebemos que estava indo em direção ao abismo — nós, os sobreviventes, tínhamos ficado presos entre duas rochas elevadas, a neve como apoio e cimento, os outros que sucumbiram já desapareciam da vista, desatamos os cintos e fomos saindo aos poucos pelas portas disponíveis, uma parte da tripulação ficara e ajudava todo mundo, alguns em estado de choque, outros buscavam equilíbrio, emocional mas sobretudo físico, já que o risco de desabamento de nossa ala era enorme, fomos saindo com alguns pertences e mantimentos da própria companhia, não dava para levar muita coisa, estávamos estressados pelo acidente, com medo do pior e sem saber ainda onde se localizava exatamente aquele ponto perdido da cordilheira, depois de meia hora que tínhamos escapado dos destroços, o resto do avião começou a oscilar até se desprender do frágil apoio e deslizar para o vácuo sombrio, demos um grito em coro, um mundo ali findava, sem esperanças de ressurreição, nem sabíamos se continuávamos vivos ou se aquilo já era o começo do sonho pós-morte, me sentia horrível, as vestes um pouco rasgadas, a pele arranhada, e uma dor como se houvesse um machucado interno, sem que conseguisse localizar o ponto nevrálgico — eu toda doía, de mim para comigo, eu, a dor materializada, caminhamos até um pequeno platô nevado no fundo do qual se dispunha uma concavidade, nossa residência até hoje, toca e refúgio, felizmente o piloto escapou do desastre, conhecia naturalmente todas as técnicas de sobrevivência, estava muito machucado por causa da queda, ninguém sabia qual o grau das lesões, nem se havia graves sequelas internas, aprendemos com ele a economizar comida, a utilizar melhor as roupas e os cobertores disponíveis, a nos aquecermos mutuamente para evitar o fatal congelamento, já não sei há quanto tempo estamos aqui, tudo para mim é amálgama de carnes, ferimentos, vestes rotas, tempestades de neve, vento frio, fim do fogo e muita fome, faz dois dias o piloto morreu, certamente de suas íntimas lesões, pois externamente nada mostrava de terrível, foi o sexto falecimento ao longo dessa longa semana, somos agora apenas dez e, se continuamos a viver, devemos tudo a ele, foi professor raro, nas palavras, nos atos, um homem com grande coragem, aprendemos por osmose com uma inteligência genial e sempre bem-humorada, até o fim, como se seu corpo dissesse que a vida só vale se for bem vivida mesmo no extremo, o maior testemunho que um vivente pode prestar a outro, se estivesse vivo, sorriria da última decisão do grupo, *e se comêssemos o piloto?*, tenho dúvidas se aprovaria, se consideraria esse gesto à altura de quem somos ou fomos até a queda, afinal, dizem que a antropofagia nunca existiu, não passou de mito inventado pelo colonizador para reforçar a imagem do silvícola selvagem, discuti isso muito com colegas antropólogos e eles consideram que pode ter havido, sim, algum exagero, mas que a antropofagia ritual com efeito existiu, as cenas brasileiras no livro de hans staden seriam a expressão, embora distorcida, de uma realidade não incomum por tais latitudes — além de ótimo técnico em sobrevivência, o piloto era excelente contador de histórias, narrou inúmeras, verdadeiras e inventadas, frequentemente misturando realidade e ficção, para nos distrair, talvez isso fizesse parte do treinamento recebido, essas novelas deram alento nas primeiras noites glaciais, sinto saudades dele, também por ser um belo homem de seus cinquenta e tantos, mas aparentando dez menos, já decidi, prefiro morrer a deglutir o cadáver, nem o dele nem o de mais ninguém, comê-lo me repugna, mas me indago se esse não poderia ser um ato de coragem, o último que ele nos legou? *este é o meu corpo, este é o meu sangue*, posso ouvir sua voz espectral, oferecendo repasto, porém rejeito, deve ser mais uma dessas miragens que visitam quem se encontra no limiar entre vida e morte, já me sinto do outro lado da fronteira, preferia ser comida por ele, em vez de torná-lo refeição, questão de ordem e mérito, dizem que carne humana tem um gosto *esquisito*, mas não sinto vontade de experimentar, até porque não sou carnívora, o último e involuntário plano de salvação do piloto, ao ofertar-se para banquete, não será por mim endossado, prefiro a morte, antropofagia só na liturgia cristã ou na de qualquer outra cultura, ao vivo (ao morto...) é imperdoável pecado, sem remissão, não, em definitivo não me apraz deglutir um homem, seria inverter a ordem natural das coisas, os vivos não se alimentam dos mortos, uma mulher não come um homem, ou será que estou sendo conservadora demais? nasci em plena revolução sexual, tenho agora quarenta e cinco anos, mas nunca consegui sair da posição passiva, talvez por isso tenha tanta dificuldade de gozar, verbalmente e na cama, minhas amigas, sobretudo as que estudaram na frança no período da ditadura, tomam a iniciativa, algumas até dominam os machos, mas fiquei travada com a educação que recebi, minha mãe é líder de liga religiosa pela moral cristã, mesmo tendo me rebelado guardo muitos dos entraves que me inculcou, a coitada nunca deve ter tido um orgasmo, quando o pai morreu descobrimos que tivera várias amantes e pelo menos um filho fora do casamento, era com as outras que se divertia, nutro graves conflitos com a mãe, tento me desprender, porém sinto que ainda consegue me controlar a distância, fico dividida entre me afirmar sexualmente e coibir os mais fortes impulsos, sou uma força desmesurada e contida, um dique sob pressão, terrível condição feminina, mas isso ainda existe? no fundo, queria tanto comê-lo, mas falta coragem! que bestialidade — a falta de coragem... quando me liberarei de vez? já não sou mocinha, esta pode ser a grande chance, *e se comêssemos o piloto?* oh, não, não consigo, quero mas não posso, desejaria tanto, é isso um homem: uma estrutura de carne, sangue, esqueleto, hormônios, que serve apenas para dormir, beber, sonhar, caminhar... comer? e uma mulher, ainda haverá um fosso abissal entre esses dois gêneros inventados no gênesis? não esquecer que no livro bíblico há duas versões para o surgimento da espécie, numa, homem e mulher nascem juntos, noutra, nasce primeiro o macho, depois a fêmea, a partir de sua costela, acho que hoje estamos mais próximos da primeira versão, porém eu mesma ainda não consegui dar o salto em direção à igualdade, seremos, todavia, jamais iguais? se nem os homens são iguais entre si, a despeito da declaração universal dos direitos humanos... mas a pergunta insiste: o que é um homem, que há sob o nome, uma cosmologia, um desastre? não, por mais que tente, não consigo, vejo que os outros estão se preparando para o ritual nefando, instrumentos cortantes em mãos, não os acompanharei nunca, sou mulher de princípios, oh mater escabrosa, me sinto sua eterna escrava! odeio você, querida megera, tanto mais porque nunca deixei de amar, me deu tudo, principalmente depois que papai se foi, dez anos de análise e ainda não saí do labirinto em que me meteu, em que nos metemos, apesar da redemocratização do país, entre mim e o mundo está você, a irreparável, torturadora de meus pesadelos, quanto sofrimento em nome do amor materno, só as mães são felizes, não há nenhuma ironia nesse verso, a felicidade delas depende da tormenta da prole, se vamos mal, elas estão bem, poderosas que são, umas pestes, ai, por isso nunca me tornarei mãe, ódio e amor, como esses sentimentos se misturam em meu peito, arremessos de ondas sobre cais vazio, nele poucos homens aportaram, por sua culpa, sua máxima culpa, ditadora impenitente, por que digo essas coisas contra quem me pariu, se posso morrer a qualquer momento de frio, fome, medo, a trilogia do pavor? comê-lo seria sacrificá-lo uma derradeira vez, não posso, era o homem de minha vida, mal o conheci, sempre o amei, estou certa disso, como os raios não caem duas vezes no mesmo lugar, a não ser quando ali há para-raios, raios que o partam, sinto tanta fome que nem seu corpo portentoso poderia saciar, devoraria um batalhão de homens se me deparasse com um, de todas as formas — ah, eu que nunca assumi a devassa, mas que sonho tantas torpezas que nem um milhão de penitências resolveria, flagelo, flagelo, flagelo, tudo se passa e passa sobre a terra, menos... *e se comêssemos o piloto?* esse bordão me assedia, noite-e-dia, perco toda a lucidez, embora esteja cheia de razões e desrazões, infelizmente não sou uma devoradora de homens como gostaria, a mulher fatal, uma antropóloga antropófaga, onde já se viu? séculos de civilização para acabar nesse rito bárbaro, não é a primeira vez na história da humanidade que isso acontece, mas no século 21 o choque é maior, eu era criança quando um desastre aéreo semelhante ocorreu não longe daqui, porém repetir a farsa para mim é insuportável, prefiro a inanição, mas preciso ser tão cordial? a violência, afinal, é um dado da natureza, e não só da natureza humana, de que sou especialista, queria tanto superar os limites da frágil matéria que me constitui, e não consigo, ela não deixa, a bruxa má, vampira que destruiu minha vida, quando me libertarei? haverá anistia para um corpo extenuado? se devorar me sentirei culpada, se não devorar me culparei mais ainda, preferia não, oh, ninguém se chama mirna por acaso, resisto contudo, ser vegetariana não sei se engrandece ou diminui a recusa, mas preciso persistir, a carne é deveras triste... *e se comêssemos o piloto? e se comêssemos, e se, e...*

(14.VI.08)

Parte das traduções de epígrafes foi retirada das obras abaixo. Todas as outras versões são de responsabilidade do autor.

Na p. 43:
John Keats. From Endymion / Do Endymion. In: Augusto de Campos. *Byron e Keats: Entreversos*. Traduções Augusto de Campos. Campinas: Editora Unicamp, 2009.

Konstantinos Kaváfis. Diante da estátua de Endímion. In: *Poemas de K. Kaváfis*. Tradução Ísis Borges da Fonseca. São Paulo: Odysseus, 2006, p. 165.

Na p. 67: Santo Agostinho. *A natureza do bem*. Tradução Carlos Ancêde Nougué. Rio de Janeiro: Sétimo Selo, 2005, p. 9.

Na p. 93: Gênesis. In: *Bíblia Sagrada: Velho Testamento e Novo Testamento*. Versão revisada da tradução de João Ferreira de Almeida. São Paulo: JUERP / Hagnos, 2004, p. 1.

Na p. 107: Julio Cortázar. Clifford. In: *A volta ao dia em 80 mundos*. Tradução Ari Roitman e Paulina Wacht. Rio de Janeiro: Civilização Brasileira, 2008, p. 111.

Na p. 143: Rainer Maria Rilke. A morte do poeta. In: *Coisas e anjos de Rilke*. Tradução Augusto de Campos. São Paulo: Perspectiva, 2001, p. 45.

Na p. 173: Cântico dos Cânticos. In: *Bíblia Sagrada: Velho Testamento e Novo Testamento*. Versão revisada da tradução de João Ferreira de Almeida. São Paulo: JUERP / Hagnos, 2004, p. 604.

Evando Nascimento nasceu em Camacã, BA. É escritor, professor e pesquisador. Doutor pela Universidade Federal do Rio de Janeiro, completou sua formação em Paris, onde foi aluno de Jacques Derrida. Lecionou durante três anos na Université Stendhal, de Grenoble. Em 2007, fez um Pós-Doutorado sobre Filosofia na Universidade Livre de Berlim. Mora no Rio de Janeiro e leciona na Universidade Federal de Juiz de Fora. Realizou diversas conferências e cursos sobre filosofia, literatura e artes em instituições brasileiras e estrangeiras. Publicou, entre outros, *Derrida e a literatura*, *Ângulos: literatura & outras artes*, *Literatura e filosofia: diálogos*. Coordena atualmente a *Coleção Contemporânea — Filosofia, Literatura & Artes* (Record). Pela mesma editora, lançou em 2008 o livro de ficção *Retrato desnatural*. Escreve artigos e resenhas para suplementos do Rio de Janeiro e de São Paulo.

Sobre *Retrato desnatural (Diários 2004-2007)*, publicado também pela Record·

"Eu adoro a desconstrução de gêneros. O leitor desavisado abre as páginas do livro pensando encontrar ali, como prometido, um diário, mas ao mesmo tempo, alertado de que se trata de ficção... E com o que se depara? poemas, trechos de cartas, ensaios, pequenas ficções... Prefiro lê-lo como um romance... O autor (Evando Nascimento) cria um personagem, E. N., que narra suas angústias, que entremostra sua visão de mundo, que faz reflexões e relativiza suas verdades neste diário, que é uma costura de gêneros... Genial!!!"

Luiz Ruffato

"O livro é um mundo. Ele não para, é panorâmico. Tem várias entradas: não tem começo e fim, ele como que está no meio, 'terceira margem' rósea. Lembra, faz lembrar os caleidoscópios com as suas interfaces (feitas de nacos de cor e ilusão) se movendo a cada piscar da mão diante do olho extasiado. É uma 'revoada' (ótimo poema), mas como destacar do conjunto todo, deste mecanismo díspar e ímpar, uma só peça deste puzzle? Pois tudo e todos funcionam como funcionam os eventos num almanaque de sensações: variando, variáveis notícias do estar no mundo, onde a superfície é tratada da mesma maneira como o fundo, reflexo e reflexão dão as mãos com os dedos entrelaçados de tal maneira que acabamos não sabendo ao certo qual dedo pertence a qual inflexão, e, por isso mesmo, tem igual valor e necessidade. Parece até aqueles desenhos de paisagens em que se pede para encontrar uma figura que se disfarçou nas soluções da própria paisagem.

Que funciona como um relógio automático, sem corda, que se abastece com o movimento, não apenas do braço, mas do pulso, não apenas do pulso que bate subderme, mas de um outro pulsar, ilógico, fora da cronologia pura e simples, que marca ou frisa, somente, o sobressalto, o pico de qualquer coisa ou ser, mesmo dando a pinta que está marcando o costumeiro mais cotidiano, mas, afinal, como se pesca nesta aparência lisa, desde que o anzol seja exímio, como é o caso, algo que está sempre a contrapelo! Bravos, autor! Bis, ator."

Armando Freitas Filho

"É resto de pensamento, pensamento como resto. De resto, 'Restos' é o título da bela seção final do livro, pura literatura. Literatura bricabraque, epigramática e hipertextual. Movimento conceitual que é, antes de tudo, movimento de estetização. Daí o 'desnatural' do título: somente através do artifício da constante autorreescrita é que o fragmento/fingimento poético pode conquistar o sossego da lucidez a partir dos vãos mais escuros da percepção."

Italo Moriconi, *Jornal do Brasil*

"Fragmentado como estilo narrativo, o livro carrega uma coerência interna, a de pretender dar conta de si mesmo reconhecendo essa impossibilidade. Cria, assim, a originalidade do gênero autobiográfico na pós-modernidade, em que o sujeito é reescrito como um apanhado disforme de citações sobre si e sobre o outro. O diário, que já foi a pretensão de uma escrita de si, aparece reinventado como o lugar da ficção absoluta, legítima desde que não se pretenda 'ficção pura'."

Carla Rodrigues, *O Globo*

Este livro foi composto na tipologia Bembo
Std Regular, em corpo 11,5/16, e impresso em
papel off-white 80g/m² no Sistema Cameron
da Divisão Gráfica da Distribuidora Record.